Robert Naegele

Schwäbische Weihnachtsgeschichten

ROBERT NAEGELE

Schwäbische Weihnachtsgeschichten

aus vergangener und heutiger Zeit

Mit Zeichnungen von
HEINZ SCHINDELE

MAXIMILIAN DIETRICH VERLAG

ISBN 3 87164 129 4

© 1981 Maximilian Dietrich Verlag Memmingen
3. Auflage 1994, 11.–15. Tausend

Printed in Germany
Gesamtherstellung: MZ-Verlagsdruckerei, Memmingen

Tauet Himmel, den Gerechten

Obwohl die »Rorate« in aller Herrgottsfrühe begannen, – die Kirchenglocken luden dazu schon um halb sieben ein, – brauchte meine Mutter mich niemals zu wecken. Ich liebte diese wöchentlichen Advent-Messen, und wäre traurig gewesen, wenn ich sie versäumt hätte und das »Tauet Himmel, den Gerechten« in unserer Dorfkirche nicht hätte mitsingen können.

Ich war es, der meine Eltern aus dem Schlaf riß. Mutter erlaubte mir, den Herd zu schüren, die Pfanne mit Wasser für den Kaffee zum Sieden zu bringen. »Fuier macha«, ist eine der stärksten Erinnerungen an meine Bubenzeit. In der bepflasterten, eiskalten Küche schob ich zuerst Reisig in die Feuerung, darunter ein Stück Zeitungspapier, dann wurde gezündelt, und danach auf die lichterloh brennenden, dürren Äste, Fichtenscheite gelegt. Vom Herd wurden die Ringe mit dem Schürhaken abgenommen, dann die Pfanne mit Wasser ins Feuer gesetzt. Wenn meine Mut-

ter etwas später in die Küche trat, mein Werk, das kochende »Kaffee-Wasser« sprudeln sah, und mich lobte: »Heut bischt wieder a brav's Kneachtle!«, war meine Freude groß.

Zum Milchkaffee, die Milch holten wir allabendlich bei einem Bauern, schmeckte uns, – inzwischen waren auch mein Vater und mein kleiner Bruder aus den Federn gekrochen – das Honig-Butterbrot. Danach wusch Mutter meinem Bruder und mir mit angewärmtem Wasser aus dem Herd-Schiffle Gesicht und Ohren. Gestrählt wurden wir mit Kamm und Bürste. Wenn mein Haarwirbel und meine Locken gar nicht zu bändigen waren, stöhnte sie: »Deine Borschta hascht vom Großvater g'erbt!« Die Hände durften wir uns selber waschen, aller-

dings mit der Bemerkung: »It soviel Soifa, neh-
mat d' Bürscht!«

Mein Bruder und ich waren in der Kirche nicht
die ersten Roratebesucher. Josef, der große,
schlagsige, gutherzige Bauernbub, kniete bereits
im dritten Bubenbänkle. Ich drückte mich neben
ihn, die anderen Kinder und die »großen Leut«
füllten allmählich den Raum. Nach dem zweiten
Schlag der Turmuhr zog ein Ministrant die Sakri-
steiglocke, die Orgel, gespielt von unserer Pfarr-
haushälterin Viktoria, setzte ein, der Pfarrer in
violettem Meßgewand, die Ministranten in
gleichfarbigen Röcken traten an den Altar, und
aus unseren Bubenhälsen ertönte das »Tauet
Himmel, den Gerechten«.

Ich konnte, und kann noch heute alle Strophen
dieses Adventliedes auswendig.

Josef, mein Nachbar, in der Schule ein ver-
klemmter, verschlossener –, und vielleicht des-
halb oft ungerecht behandelter Bub, hatte eine
ausgezeichnete Singstimme. Eigentlich konnte er
sich nur singend ausdrücken. Beim Singen war er
gelöst. Sein Gesicht bekam dabei einen strahlen-
den Ausdruck, den man sonst an ihm nicht
kannte. An diesem Dezember-Morgen jubelte er

sein »Tauet Himmel, den Gerechten« besonders laut.

Nach dem Rorate und dem letzten Weihwassertropfen, den wir Buben an der Kirchentüre uns gegenseitig ins Gesicht spritzten, schulterten wir die im »Vorzeichen« gelagerten Ranzen und liefen in die gegenüberliegende Schule. Der große Kachelofen verströmte bereits seine Wärme, als punkt halb acht Uhr das »Freilein« in das Schulzimmer trat. Das »Freilein« war eine ältere Lehrerin, die bald in den Ruhestand geschickt werden sollte. Nach vierzig Schuljahren war sie der Kinder etwas überdrüssig geworden. Es gab für sie nur gescheite und dumme Kinder. Und für angeblich dumme Kinder, Kinder, die gar nicht dumm, sondern nur verklemmt und verschlossen waren, hatte sie häufig den Stock parat.

Josefs Mutter beklagte sich einmal bei meiner Mutter: »Es isch arg, daß dös alte, grätige ›Freilein‹ so ungerecht ischt, und mein Josef gar it mit a'komma laßt!«

Erneut ungerecht benahm sie sich auch an diesem Vormittag dem Josef gegenüber.

Lenz, mein Banknachbar, hatte in der Pause

die rosa Schleife von Karolins Haarzopf gerissen und versteckt. Karolin heulte, und unser »Freilein« suchte den Täter. »Der Lenz war es«, behauptete Karolin. »Das ischt nicht wahr«, gab dieser zurück, »der Josef hat sie genommen!« Dabei schob er unbemerkt seinem Vordermann, dem Josef die Schleife in die Joppentasche, und zwar so, daß ein Bändel dieser Schleife noch zu sehen war.

»Bürschchen, komm zu mir ans Pult!«, befahl das »Freilein« dem Josef. »Ich hab sie nicht genommen!«, versicherte der Josef der stockhebenden Lehrerin. – »Hand her!«, krächzte das »Freilein«. Josefs Kopf wurde zu einem roten Ballon. Er weigerte sich, die Hand für die Stockschläge herzugeben, und fing plötzlich zu singen an: »Tauet Himmel, den Gerechten ... den Gerechten ... den Gerechten! ...« Und noch einmal wiederholte er, diesmal schreiend »den Gerechten!« Das »Freilein« ließ den Stock fallen, und stand wie angewurzelt, als Josef mit erhobenem Kopf zu seiner Bank zurückging. Im Schulzimmer war es so still geworden, daß man eine Stecknadel hätte fallen hören können.

Alle Kinder erzählten diese Begebenheit ihren

Eltern, und beim nächsten Rorate muß Josefs und unser aller Bittgesang »Tauet Himmel, den Gerechten« erhört worden sein. Nach der Weihnachtsvakanz unterrichtete uns ein junger Lehrer, ein Gerechter.

Mäusla in der Buaba-Kammer

An viele Adventszeita – aus meine Buaba-Jauhr – hau i Erinnerunga. En dr Näs hanga blieba send mir bis zum heutig Tag dia feine Düftla von Muatters Weihnächtsbacherei.

A'g'fanga hat dia Toigerei scho voar em Klausa-Dag. Ohne Leazelta em Sack hat zu ons Kender koi Nikolaus it komma derfa. Weiße, oifache Leazelta send dös g'wea, dia nach Honig g'schmeckt hant, ohne Oblata, mit Zucker glasiert.

Glei' nach em Klausa-Tag, viel früaher wia in andre Häuser, hat mei Muatter mit dr *groaßa* Bacherei a'g'fanga. 'S Magabrot und d' Nußplätzla hant ihra Zeit zum Woichwera braucht. D' Anislaibla send voar em bacha a nachtlang auf Blecher en dr Kuche rumg'standa. Mir Buaba hant ons oft g'wünscht, daß dia Plätzla ohne Füaßla aus'm Herd komma sottat, als ganz »Vergrautane«; dia hättat mir auf dr Stell essa derfa. Aber mei Muatter hat für d' Bach- und Kocherei a g'segneta Hand g'het. Dös hat sich rumg'sprocha. It bloß für d' Verwandtschaft ischt se tägweis en dr Kuche g'standa, au' dr Herr Dokter aus dr Stadt hat bei ihr Plätzla b'stellt.

»Näglere, wia schtellscht du's a', daß bei dir alle Laibla a so grautet?«, ischt oft d' Fraug von de Nachbäurenna g'wea. Bei söllem lobiga G'schwätz ischt meiner Muatter a Röate en's G'sicht g'stiega, und se hat koi andra Antwort g'wüsst, als: »A bißle Liab muaß drbei sei!«

Muatters »bißle Liab« hant mir Buaba voarallem en ihre »Butterlaibla« wauhrg'nomma. En dr Kuche send dia Steara, Herzla, Hundla, Vögela, Säula von ons Lauser aus'm Toig g'stocha, und abundzua mit Fleiß a weng u'g'schickt auf's Blech g'legt wora. A Säule ohne Füaßla, a Vögele ohne Schnäbele hat onser Muatter it duldet. Dia veru'glückte Tierla send auf dr Stell en onsre Mäuler g'landet, allerdings mit Muatters guatg'moi'ter Warnung: »Buaba, es ischt na ja vergonnt, aber esset doch it a so viel Toig, es wead ui ja bloß schlecht!«

Vom Maga her ischt es ons bei dr Weihnächtsbacherei nia schlecht wora. Aber onser G'wissa hat sich en so oiner Adventszeit amal mit groaßer Übelkeit ond mit a bißle Angst g'füllt.

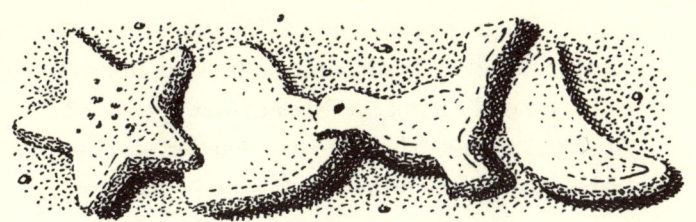

Dia oi'zelne Sorta von deane Laibla send en Schachtla, mit Pergamentpapier ausg'schlaga und mit Strick verschnürt, en dr Speis und en onsrer Buaba-Kammer bis zu de Heilige-Täg aufg'höbt wora. 'S feine Düftle hat sich durch dia Pappedöckelschachtel it verhöba lau, und ons Buaba ischt alle Aubad voar em Ei'schlaufa 's Wasser em Maul z'sämma g'lofa. – »Derf ma?« – »Derf ma it?« – »Bloß a paar . . .« – »Bloß heut! . . .« Nach sölle hoimliche Dischput hant mir mit meim Sackmesserle en da Boda von dr Schachtel mit de Butterlaibla en Schlitz g'macht, und bloß »a paar« stibitzt. Und weil dia Laibla halt *voar* Weihnächta a so guat g'schmeckt hant, send's am Aubad drauf »a paar meha« wora, und an de nächschte Aubad allaweil »no a paar meha!« – Ku'z voar Weihnächta ischt d'Schachtel fascht leer, und onser schlecht's G'wissa voll g'wea.

Am Heilige-Aubad send mir Buaba recht daaseg umanand g'standa und hant, statt mit ma Chrischtkendle, mit ra Niklausruat g'rechnet. Aber bei onsrer Muatter ischt wieder »a bißle Liab« drbei g'wea. Se hat's guet g'moi't: auf onsre Teller send wia jedes Jauhr Butterlaibla g'lega, – frisch bachane – a ganzer Haufa.

Verduzte G'sichter hant mir allerdings beim auspacka von de G'schenkla g'macht. Dau ischt, nach dr herrlicha Mundharmonika, und nach de kaum verwartate Schlittschuah ebbes zum Voarschei' komma, dös mir Buaba ons gar it g'wünscht hant. – »Mama, guck, a *Mausfall'*!?, hat se d' Großmuatter a Mausfalla g'wünscht?« – – »Noi, noi, Buaba, dös Mäusle en Großmuatters Stub hant mir doch scho em Sommer vertwischt; 's Chrischtkendle möcht, daß mir mit deane Falla em nächschta Advent dia *Mäusla* en uirer Buabakammer fanget.

Zweige für einen Adventskranz

An unser Dorf grenzten große Wälder. »Hölzer«, sagen wir im Schwäbischen. Diese Hölzer bestanden aus Buchen, Eichen, Lärchen und Fichten. Fast eine Stunde vom Dorf entfernt, auf dem »Rauhen Berg« wuchsen in einem kleinen Geviert, das mit Maschendraht umzäunt war, Tannen. »Weißtannen« nannten wir die jungen Bäume, die einen Duft verbreiteten, der zu allen Jahreszeiten an die Weihnachtsstube erinnerte.

Es war in der nebelnden November-Zeit, einige Tage vor dem ersten Advent. Wir Buben bettelten bei unserer Mutter:

»Gell, du bindescht ons wieder en Adventskranz!«

Mutter war von unserer Bitte nicht begeistert.

»Buaba, mir hant a viel z' warma Stub, scho nach drei Täg isch der Adventskranz dürr und d' Naudla stiebat von oim Eckle ens andre. Es roicht scho, wenn dr Chrischtbaum meah so en Dreck macht. Ihr müassat's verstauh, daß i huier koin Adventskranz binda will!«

Uns Kinder stimmte diese Absage traurig. Am Abend vor dem Einschlafen hielten wir in unserer Kammer Rat, wie man Mutter doch noch herumkriegen könnte. Hans fiel ein, daß auf dem Rauhen Berg junge Weißtannen stünden, und Weißtannen behielten ihre Nadeln viel länger als Fichten. »Um dia Bäumla hat ma aber en Zau' zoga, von deane derf ma koine Äscht abschneida, dös hat onser Förschter verbota!«, gab ich zurück. »Derfa tät ma scho, bloß it vertwischa lasse derf ma sich!« erwiderte mein kluger Bruder.

Am darauffolgenden Morgen frugen wir Mutter, ob sie einen Adventskranz mit wenig nadelnden Zweigen von Weißtannen binden würde.

»Ja, dau drüber könnt ma schwätza, aber woher Weißtanna-Äschtla nehma ond it steahla?«, lachte sie.

Am Nachmittag zogen mein Bruder und ich mit einem Rupfen-Säckle »ins Holz«, angeblich um Moos für's Kripple von den Baumrinden zu kratzen. Den Schneider (Schneidmesser) hatten wir unbemerkt unter der Joppe versteckt. Uns zog es auf den Rauhen Berg. Hans half mir über die Maschendraht-Umzäunung, ich lupfte ihn ins verbotene Revier nach. Dabei blieb er hängen.

»Iatz hasch mir en Triangel en mei Hos g'rissa. Bua, wenn dös d' Mama sieht, nau kriag i Wix!«, heulte er los.

»Halt's Maul!, mir müassat ganz still sei, niamads derf ons höara!«, zischte ich zurück.

Hans beruhigte sich und wir schnitten Weißtannenzweige von den Bäumchen, und stopften diese in den Sack. Der Rückzug über die Draht-Umzäunung ging ohne Risse und Kratzer. Die Beute abwechselnd auf der Schulter, kehrten wir auf Schleichwegen nach Hause zurück.

Unsere erhitzten, freudigen Gesichter wurden blaß, als Mutter sagte: »Dia Weißtanna-Äscht lang i it a, dia sind stibitzt! Ihr hättat voarher onseren Nauchbaur, da Förschter um Erlaubnis bitta müassa!«

Hans, dem Siebengescheiten kam ein Gedanke: »Mama, dr Förschter woiß ja gar it, daß mir dia Äschtla scho a'g'schnitta hant! Wenn du iatz zu eahm nomgauhscht und fraugescht, ob mir morga Zweigla für en Adventskranz hola derfet, und er »ja« sait, nau wirscht du ons dean Kranz doch binda!«

Mutters Antwort: »Da Förschter müassat ihr

scho selber frauga, i halt mi aus der Sach dau raus!«

Hans und ich standen in der Jagdstube des Försters, den Spitzbuben-Unschuldsblick auf den ausgestopften Rehbock gerichtet, als der Förster uns wissen ließ: »Uier Mama hat scho heut Vormittag a Genehmigung g'holet, aber i find's schöa, daß ihr Lausbuaba desweaga no amal extra zu mir kommet.«

Bestimmt hat unser Förster gewußt, daß die Weißtannen-Zweige geschnitten zu Hause lagen. Er lachte, zog uns leicht an den Ohren, und schob uns aus seiner Stube. Der ausgestopfte Rehbock grinste hinterher.

Mutter, unsere gute, liebe Mutter, hatte am Vorabend unsere Gespräche in der Kammer mitgehört. Sie kannte und mochte unseren Tatendrang; kluge Mütter lieben ihre unternehmungslustigen Buben und lassen sie stibitzen, – natürlich nur mit vorher eingeholter Genehmigung – noch dazu, wenn es um Zweige für einen Adventskranz geht.

Klopfen am Klopferstag

»Klopfer, Klopfer, Hämmerle,
Bäure, gang ens Kämmerle!
Wirf ons Nüß ond Äpfel ra,
Daß ma ka Vergelts Gott sa!«

Mit deam Sprüchle sind mir Buaba am Klopferstag durch unser Dorf zoga. 'S Klopfer-Versle von de Mädla hat a so g'hoissa:

»Wir klopfen und klopfen
Und künden an,
Daß Chrischtus der Herr
bald kommen kann!«

Ganz früaher, voar hundert oder zwoihundert Jauhr, ischt dr Klopfer-Brauch bei uns im Schwaubaländle a Brauch von de groasse Leut, also von de Erwachsene g'wea. Arme, noatleidende Fraua und Männer hant um Brot und Schmalz a'klopfet.

Jatz aber ischs Klopfa scho seit viele Generationa s' Recht von de Kinder. Jedes Jauhr, am easchta Donnerstag im Dezember, ziahet Buaba und Mädla von Haus zu Haus, schlaget mit ihre Klopferhämmerla an d'Fenschterläda und bittet um Nüss, Biara, Äpfel und Leazelta.

An meine Klopferstäg ka i mi no ganz genau erinnra, und oin Klopferstag werd i wohl nia vergessa. Dös war a so: In meiner Klaß' hat dr Ulrich Rissle alle seine Mitschüaler um zwoi Köpf überragt, er war groaß, kräftig und ... frech! Beim Hand- und Fuaßballspiela ischt von eahm a jeder von uns auf d' Seita g'schoba wora; er hat mit seine lange Ärm und groaße Füaß da Ball als easchter vertwischt, überall ischt dr Ulrich Rissle dr Easchte g'wea, bloß it beim Rechna, Leasa und Aufsatz schreiba!

Beim Klopfa am Klopferstag hat er sich jedes Jauhr in de vorderscht Reiha g'stellt und sei Klopfer-Sprüchle extra laut g'schriea.

Wenn eahm nau d'Kirchabäure fünf Walnüss in d'Hand druckt hat, isch'r it z'frieda g'wea, hat sie frech a'gucket und g'sait: »No a paar Nüss möcht i!« Genau so u'verschämt hat er sich beim Hänselebauer benomma. – In onserem Dorf hat's bloß zwoi Walnußbäum geaba und dia sind in Kirchabauers und Hänselebauers Garta g'standa.

Hänselebauers Martin und Kirchabauers Lies-

beth send meine Schualfreind gwest und hant da frecha Ulrich grad a so dick g'het wia i au.

Beim Schneida von de Haselruat-Stecka, an dia mir onsere Klopferhämmer g'steckt hant, isch uns Drei ebbes ei'g'falla, a kloina Lischt, mit deaner mir dean frecha, voarlauta Ulrich Rissle hant rei'lega wölla.

Am Mittwoch, also oin Tag voar em Klopfers- tag, send mir zua dr Mama von dr Liesbeth und zua dr Mama vom Martin ganga, und hant dia von unserem Plan unterrichtet. Dia boida Mamas hant sofort mit'g'spielt, und uns a paar groaße Händ voll Walnüss auf da Tisch g'legt. Dazua a Stuck Brot und a bißele Leim. Jetzt send von uns Drei mit ra Messerspitz dia Nüss aufbrocha, und 's Innere, dia guate Kera, verschnappuliert wora. Aus Brot hat d' Liesbeth kleine Kügala dreiht. Dia

Brotkügala hant mir in d' Nuß-Schala neidruckt. Em Martin isch no ebbes Bessers ei'g'falla: Er hat auf kloine Papierfetzla g'schrieba: »Für Ulrich Rissle – dieses hohle Nüssle!« Auf a anders Zettele hau i kritzlet: »Nuß, so hohl – wia Ulrichs Grind!«

Dia kloine Bosheita, Anspielunga auf Ulrichs Faulheit und Dummheit, send von uns eabafalls in dia leere Nuß-Schala neig'leimet wora. Martins und Liesbeths Mama hant dia »Blindgänger« in a extra Körble g'legt und sich mit uns auf da nächschta Tag, auf da Klopferstag g'freit.

Punkt zwoi Uhr send mir Buaba und Mädla mit unsere Klopferhämmerla und unsre Körbla am Arm vom Schualhaus zum Klopfa loszoga.

Dr Ulrich, no frecher wia sonscht, hat als Easchter beim Hänselebauer mit seim Hämmerle an da Fenschterlada g'schlaga und einen selber erfundena Klopferspruch plärret: »Holla, holla, 's Klopfet raus, oder i schlag a Loch ins Haus!«

Martins Mama hat aus'm Fenschter g'lachet und g'sait: »Ulrich der Starke ischt halt überall der Earschte!, gell, d' Nüss ißt du b'sonders gern, dau ... heit schenk i dir en ganza Haufa!« – Dr Ulrich hat grinst und kaum Vergelts Gott g'sait, und beim Kirchabauer hat'r no lauter an da Fenschterlada klopfet, und no unverschämter sei frechs Sprüchle g'schria. Au' von Liesbeths Mama hat er a b'sonders groaßa Portion Walnüss g'schenkt g'kriagt.

Nachdeam unsre Körbla und Täscha mit Leazelta, Äpfel und Biara g'füllt, und an 's letschte Haus vom Dorf a'klopfet war, isch dr Ulrich auf dr Stell hoim und über seine Walnüss herg'falla. Alle send hohl gwest, statt auf Nußkera hat'r auf Brot bisse und auf Zettele, und dia Zettele über sei Dummheit hat er no schlechter verdaut wia dia Brotkügala. »Nuß, so hohl – wia Ulrichs Grind!«, hat eahn zum Nauchdenka vera'lasst. – Dr Ulrich ischt bescheidener wora, auf'm Schualhof hat er von mal zu mal weaniger a'geaba, und dia Kraft aus seine starke Ärm und seine groaße Füaß ischt langsam in sein Kopf g'wandert.

Allaweil besser isch'r beim Rechna und Leasa wora, und 's Jauhr drauf hant mir Schüaler en Aufsatz schreiba müassa: »Unser Klopferstag«, und dau isch seiner der Zwoitbeschte g'wea. Dös Wort »Nüssle« hat dr Ulrich Rissle in seinem Aufsatz mit koiner Silbe erwähnt.

Nikolaus bei Andreas

In meiner Theater-Anfänger-Zeit bat mich eines Tages mein Kollege und Freund Rudolf, bei seinem Söhnchen, meinem Patenkind Andreas, den Nikolaus zu spielen. Rudolf ist ein Salzburger, und wir beide waren an einem Städtischen Theater in Schwaben engagiert.

»Rudolf, das ist unmöglich, Dein Andi kennt meine Stimme!« – Ich wollte nicht Nikolaus spielen.

»Ach was!, Du bist Schauspieler, chargiere einen wilden Mann, red' meinetwegen Schwäbisch; in Deiner Muttersprache bist Du unschlagbar!«, spöttelte mein lieber Kollege.

»Lern' Du erst mal Deutsch, und verwechsle nicht ständig die Konsonanten!«, gab ich zurück. Rudolf stieg eine Röte ins Gesicht. Seine Frau Susanne grinste.

Es war neulich bei der Hauptprobe. Rudolf, in der Rolle eines jungen Grafen, hatte mir, seinem Diener zu befehlen: »Bitte, bringen Sie mir das

Gepäck!« – Bei Rudolf, dem Österreicher, der seine Heimatsprache immer noch nicht ganz abgelegt hatte, klang das so: »Bittä, bringan Sie mir das Ge›b‹äck!«

»Gepäck, bitte Gepäck mit ›p‹!«, brüllte der Regisseur aus dem dunklen Zuschauerraum.

Bei der Generalprobe, am darauffolgenden Tag, flutschte Rudolf wieder Gebäck statt Gepäck über die Lippen. Keine Stimme aus dem Zuschauerraum. Ich ging von der Bühne ab, um das Gepäck zu holen, und trat mit einer großen Torte aus Pappmaché, also einem »Gebäck« wieder auf, und stellte diese Torte meinem Herrn Grafen vor die Füße.

Rudolf blieb die Spucke weg, er begann zu stottern; der Regisseur im Zuschauerraum bog sich vor Lachen; die Generalprobe wurde unterbrochen.

An dem Abend, an dem mein lieber Kollege Rudolf mich bat, bei Andreas den Nikolaus zu mimen, saßen wir bei Tee und Kuchen in der Küche.

Susanne, Rudolfs angetrautes schwäbisches Eheweib, witzelte jetzt auch über die »Austria«-Konsonanten.

»Robby, schmeckt Dir der ›D‹ee?, magsch no a Stückle von mei'm guata Ge›p‹äck?«

Rudolf wurde Salzburgerisch: »Wißt's wos, ihr könnt mi . . . Götz von . . ., ihr doofen Spätzlefresser!« Die Zigarette rutschte dabei vom rechten in den linken Mundwinkel, die Küchentür fiel ins Schloß. – Mein Kollege rauchte zu dieser Zeit wie ein Schlot. Susanne klagte, während sie den Aschenbecher mit Kippen leerte: »I hau en guata Ma', wenn er bloß net so saumäßig viel raucha tät! Der Qualm ischt doch Gift für onser Andreasle.«

Wenn wir Beide unter uns waren, schwätzten wir astreines Schwäbisch. In Gegenwart ihres Mannes bemühte sich Susanne Hochdeutsch zu reden. Was dabei herauskam, war nicht mehr als »Honoratioren-Schwäbisch«. Das Söhnchen sollte ganz in der Hochsprache erzogen werden. Wenn man beim »Hätschala« des Bübleins dabei sein durfte, und ich war dies als Patenonkel Robby sehr oft, dann klang das so:

Rudolf: »Anderl, mei Herzerl, mei süaß'!«

Susanne: »Andreasle, mei Schätzle, mei goldigs!«

Andreas war knapp vier Jahre alt, ein reizender, vorlauter Bub. Als Dauergast kriegte ich von ihm viele »Busserla«, aber begrüßt wurde ich von ihm nur in hochdeutscher Sprache: »Guten Tag, Onkel Robby!« Rudolf blickte dabei stolz auf seinen Filius. »Und dem Papa gibst du gar kein Küßchen?« Andreas, der seine Mama auch sehr lieb hatte: »Noi, bloß a Busserle!«

Am 6. Dezember lieh ich mir aus dem Theaterfundus einen Nikolausmantel. Der Maskenbildner klebte mir einen weißen Bart. Bei Einbruch der Dunkelheit empfing mich Susanne an der Wohnungstür. Sie drückte mir ein Säckchen und einen großen Zettel in die Hand: »Onkel Robby, auf dös Papier hat onser Schätzle drei Sternla g'molat, dös send seine guate Tata. Dia schwarze Punkte, dia er dazua hat klecksa müaßa, dia geltet für seine Unarte. Aber bitte, sei net gar zu hart, und verstell Dei Stimm', dr Andreas ischt net von geschtern!«

In der Stube hatte sich das Büble an seinen Vater gekuschelt, und ehe ich eine Frage an ihn richten konnte, vernahm man von ihm laut und deutlich: »Onkel Nikolaus, was hast du in deinem Sack?« – »Nüße und Äpfel, für den braven Andreas!« – »Und gar kein ›Gebäck‹ im

›Gepäck‹?«, grinste mich der Papa an. Ich mußte mich zusammenreißen, lobte das Andreasle für seine drei guten Taten, die mir die stolze Mama zuflüsterte. »Da seh ich aber auch schwarze Punkte auf meinem Papier! Punkt eins: – »Streichhölzer«, zischte mir Susanne zu. – »Andreas, versprichst du dem Nikolaus, nie mehr mit Streichhölzern zu spielen?« – »Ja, Onkel Nikolaus!«, und jetzt fiel unser Andreas in reinstes Schwäbisch: »Dann soll au' dr Babba mit deam hura Raucha aufhöara!«

Dem Papa kippte das »Zigaretterl« aus dem Mund: »Anderl, Anderl du . . . du . . . Bazi . . .!«

»Bedank dich bei deam brava Nikolaus, und

sag schöa Guat Nacht«, bat die Mama, die vor Lachen kaum sprechen konnte.

Andreas konnte es noch weniger. Er hatte bereits den Mund voller Ge»b«äck.

Tags darauf meinte das Büble: »Onkel Robby, gell du warscht koi richtiger Nikolaus, du hascht bloß Theater g'spielt!«

Seit dieser Zeit hält mich mein Freund Rudolf für einen unbegabten, »t«ri»dd«g»la«s»igen« Schauspieler.

D'r Kripplesberg

Mei Großvater isch a Küafer g'wea. I hau eahn gera g'mögt, und er mi au. Trotz deaner gegaseitiga Liab isch mir in Erinnerung blieba, daß dr guat Ma' an dr schwäbischa Kranket g'litta hat, er isch nämlich ziemlich knickat g'wea. Mei Großmuatter hat g'wiß mit em Zuig sparsam umgauh könna, aber von Meahl und Wasser wuchalang kocha, dös Wunder isch'r manchmal arg schwer g'falla. Und es hat öfters Träna g'koscht, bis dr Großvater mit a paar Märkla rausg'ruckt ischt. Was meiner Großmuatter b'sonders weahdoa haut, ischt g'wea, daß ihr Johannes mit sich selber groaßzügig umganga ischt, auf sei Mauß Bier hat'r koin Daag verzichtet.

I bi als Bua viel en seiner Werkstatt g'hocket. 'S Häusala mit Hobelspä', Schindala und Brettla hat meine schualfreie Nametäg ausg'füllt. Ens viert oder feift Schualjauhr bi i ganga, wia i da Großvater bettlet hau, er soll mir helfa en Kripplesberg z' baua. Er hat da Pla' drzua g'macht, i hau Baumrinda und Moos aus'm Wald g'holet, und so isch en de Wucha voar Weihnächta en seiner Werkstatt a Kripplesberg entstanda. Neaber em Stall hau i mir en kloina Weiher ein'bild't. Auf dean Sonderwunsch ischt dr Großvater ei'ganga. »Woischt, Bua, dean Weiher leget mir mit Staniolpapier aus, dau meinet d' Leut dös wär a silbres Wasser«, hat'r g'sait. Bei meine Freind ischt dia Weiher-A'lag aber mit Spiagelglas aus-g'legt g'wea, und a Staniolpapier von ra Schoklad-Tafel isch mir für dean fromma Zweck oifach billeg voarkomma. Aber dr Großvater isch drauf b'standa und hat so a Silberpapier, au no als Bächle, dös vom Berg ra flieaßt, auf d'Rinda g'leimet.

En Daag voar em Heiliga Aubed hau i mei Werk en da easchta Stock (dr Großvater und d' Großmuatter hant paterr g'wohnt) zu meine Eltra tra', und d' Muatter hat mi g'streichlet und g'sait: »Aber dau wead se 's Chrischtkindle freia, und weil so brav g'wea bischt, bringt's ganz g'wiß no de Heilige drei Köneg!« 'S Jesule, d' Muattergottes und da Heiliga Josef, da Ochs und da Esel hau i scho g'het, und au Schäfla und zwei Entla, für dia i ja dean Weiher a'glegt hau. Aber auf deam

Staniolpapier hant dia Entla nix gleich g'seha; i hau mir oifach en Spiagel ei'bild't, – und i hau au en Spiagel g'funda, dös hoißt, a bißle g'nauer g'sait: i hau en aus Großvaters Rasierkischtle rausg'nomma. Nachdeam i 's Rähmle weg-g'macht g'het hau, hat'r genau en dia Fläche neipaßt. Als Ufer von deam Spiagel-Weiher han i Baumrinda a'g'naglat.

A schöaner, froher Heiliger-Aubed isch es wora. D' Kender aus dr Nauchbarschaft hant mei Kripple bewundret, und dr Vater hat g'moit: »Du ka'scht a mal a Küafer wera!« – Später, ku'z voar dr Mitternachts-Mett, ischt d' Großmuatter und dr Großvater komma. D'Großmuatter hat von eis als Chrischtkendle en Kloiderstoff kriagt, dr Großvater a Schachtel Zigar'. – »Ja, mei Chrischt-kendle . . .« hat dr Großvater verleaga romg'stot-tret, »ischt dr Kripplesberg, gell Bua!« – Und wia'r nau ens Kripple neigucket hat, sait'r plötz-lich: »Dau isch'r ja, mei Rasierspiagel, i suach en stundalang, guck Anna! Ja, der Siach, der nixeg hat eahn als Weiher ens Kripple neig'naglet!«

»Dau bleibt'r au!«, hat eahm d' Großmuatter zur Antwort gea, »Du kascht dein Bilmes über dia Feirtäg zum Rasiera ens Kripple neihenka, deine graue Bartstoppla send als Hei für Ochs und Esel grad recht. Mehr schenkst du em Christkendle ja doch it!«

Onser Weihnächtsfreid isch mit Großmuatters Tadel a bißle ens Stocka g'komma. Aber, ob ihrs glaubet oder it, mei Großvater hat em Jauhr drauf meiner Großmuatter zum Chrischtkendle en Zehamarkschei' g'schenkt.

's Tiroler Chrischtbaum-Vögele

Bis mir da rechta Chrischtbaum g'funda hant, isch mei Vater mit mir manchmal stundalang im Holz romg'stolprat. Kerzagrad g'wachsa, it z'schmaul, it z'broit, und mindeschtens zwoi Meter hoah hat der Tannabaum sei müassa. Wenn mir nau ausg'froara, mit roate Näsa und g'sterrege Finger hoimkomma send, hat dr Vater dean Chrischtbaum dr Muatter zoigat und g'sait: »Seffe, wia g'fällt'r dir?« – »Scho recht ischt der ..., 's Vögele kriagt a guat's Plätzle!«, hat se eahm zuablinzlat.

Bei ons hat allaweil dr Vater da Chrischtbaum g'richt', obwohl dia Arbat eigentlich a Weibersach ischt. Am Na'mittag, wenn's dussa dämmrig woara ischt, hat'r d' Latera a'zunda und ischt mit mir ins Koarahaus nauf. Dau sind in Großvaters Militär-Kischt dia Schachtla mit Kugla, Kerzla und Engelshaur aufg'hebt g'wea. 'S g'schnitzte Tiroler Vögele hat sei Plätzle auf Holzwoll em a Zigarra-Kischtle g'het, und dös

Kischtle hau i jed's Jauhr en d' Stub na'traga derfa.

Als Chrischtbaum-Ständer hant mir a alt's Wagarad benutzt. G'scheit, wia kloine Buaba sind, hau i beim Kugla aufhänka em Vater g'holfa. »Dia groaß Bombl ka'scht doch it an dös obere Äschtle namacha, dös sieht doch nix gleich, dia g'höart ganz onda na'!«, hat dr Vater mein Eifer bremst. »Merk dir, Buale: dös isch wia auf'm Altarbild in onsrer Kirch. Um da Kopf von dr Maria schwebet de kloine Engela, in dr Mitt' um ihren Bau' zwazlat de Dickere, und an ihre Füaß donda wargalat de Gwampete.«

Dr Großvater, der de ganz Zeit im Oahrasessel g'schnarchlat hat, ischt z'maul wach woara: »S Tiroler Vögele, hant ihr mei Vögele scho na-g'hänkt?« Und iatz hat'r, wia alle Jauhr beim Chrischtbaummacha, sei G'schicht verzöhlt:

»Daumals, wia i als a junger Bu'scht auf Wan-derschaft g'wea bi', im sella Winter hat's z' Tirol über Nacht a so viel Schnea ra'g'worfa, daß ma vom Dorf bloß no da Kirchadura g'seah hat. I hau bei arme Leut g'nachtet, und weil ma voar lauter Schnea nomma vuresche und hendersche g'könnt hat, hant mi dia Leut über de Heilige Täg

35

b'halta. A Kripple mit selberg'schnitzte Figura
isch em Eckle g'standa, und über'm Stall isch
anstatt vom Steara a goldig's Vögele g'floga . . .
und a leabigs Vögele . . . a Mädle . . .«

Bei deam Wort hat d' Großmuatter da Kopf
dur's Fenschterle g'streckt, dös bei ons von dr
Kuche en d' Stub neiganga ischt. Mit ihrem
Zoigfinger hat se an's Hiara dupft und g'spöttlet:
»De alt G'schicht . . . vom Tiroler Vögele . . .!«

Dr Großvater hat d' Großmuatter gar it wauhr-
g'nomma, und ischt en seiner G'schicht fut-
g'fahra: ». . . 's Mädle hat mir nauch deane Fei'täg
voller Schnea, beim Abschiednehma, dös goldeg
Vögele in d' Juppatäsch g'steckt . . ., ja, dös

Mädle ..., Buale, brauchscht gar it lacha!, dös Vögele in meiner Juppatäsch hat g'sunga.«

»Aber Großvater, hölzerne Vögele in dr Juppatäsch könnet doch gar it singa?!«, hau i g'scheit sei wölla.

Dr Großvater hat mir koi Antwort gea. Sei'm G'sicht nauch hätt' ma moina müassa, bei eahm sei 's Chrischtkendle scho dau g'wea.

Dr Vater hat inzwischa 's Tiroler Vögele auf a ober's Äschtle vom Chrischtbaum platziert. »I glaub, daß es dau guat hocket«, hat'r g'lachet, »dau ka's d' Großmuatter au a bißle ärgra!«

»Vater, warum ärgret sich d' Großmuatter über 's Tiroler Vögele?«, bin i neugierig woara.

»Buale, dös verzöhl i dir später ..., wenn du groaß bischt.«

»Vater, hascht du au' scho Vögele in dr Juppatäsch singa höara?«

»Wenn du groaß bischt Bua ..., wenn du groaß bischt ...«

Groaß bin i inzwischa woara. Und i bin au' viel auf Wanderschaft g'wea.

'S Tiroler Vögele hat dr Großvater mei'm Vater vererbt, und mei Vater, mir. Und's Vögele in dr Juppatäsch, hau i au' singa höara.

Mäxle

Obwohl wir daheim nur Buben waren, fanden wir unter den Geschenken, die das Christkindle gebracht hatte, eine Puppe. Die Puppe war aber kein Mädchen, sondern ein Bub, den Mutter Mäxle nannte.

Mäxle saß unterm Christbaum, und Mutter war etwas betrübt, weil wir zuerst zu unserer Dampfmaschine und zu unseren Baukästen stürmten, und dem Mäxle kaum Beachtung schenkten.

Mein zweites kleines Brüderchen Michele war in diesem Jahr verstorben. Mutter litt darunter. Wahrscheinlich wollte sie mit diesem Mäxle, dieser Puppe, ihren dritten Buben, unser nicht mehr anwesendes Michele weiter in der Stube wissen.

»Und 's Mäxle g'fällt euch gar net?«, fragte sie, nachdem wir die anderen Geschenke ausführlich untersucht hatten.

Mäxle war ein ziemlich großer Bub aus Zelluloid, mit beweglichem Kopf, Armen und Beinen, und offenem Mund, aus dem zwei kleine, weiße Zähnchen lugten. Die ein- oder aufgemalten Augen waren blau, an die Haarfarbe kann ich mich nicht mehr erinnern, unser Puppen-Brüderchen hatte ein hellblaues Mützchen auf dem Kopf, trug in derselben Farbe eine Strickhose, mit Hosenträgern aus dem gleichen Wollmaterial. Darunter, damit diese seinen glatten Zelluloid-Körper nicht kratzten, ein feines, weißes Baumwoll-Kittele. Er war ähnlich angezogen wie unser verstorbenes Michele an Sonntag-Nachmittagen, wenn ihn Mutter auf ihrem Arm zu den Nachbarn trug.

Die kleinen Mädchen von nebenan, die bei uns an den Weihnachtstagen Besuche machten, haben sich in Mäxle auf Anhieb vernarrt. Das Büeble wurde aus- und angezogen, in die Arme genommen, geherzt und geküßt, und unsere Mutter freute sich mit. Aber nach Hause nehmen und in ihre Puppenwagen betten durften sie ihn nicht. – Mäxle bekam, nachdem der Christbaum anfing seine Nadeln auf ihn regnen zu lassen, ein Plätzchen in der Sofa-Ecke unserer Stube.

An Werktagen nahmen wir die Mahlzeiten in

der Küche ein. Dort teilte Mäxle die Bank mit meinem Bruder und mir, erhöht auf einem Sofakissen.

Ein Mittagessen habe ich bis zum heutigen Tage nicht vergessen. Zu den Spiegeleiern gab Mutter Spinat, und diesen konnte ich in meinen Kinderjahren nicht ausstehen. »Büeble, komm versuach eahn weanigstens!«, redete sie auf mich ein. Vater mochte das Graszeug auch nicht besonders, legte das Besteck weg, – und mußte zur Arbeit. Mutter pries ihren Spinat immer wieder, und je eindringlicher ihre Lobpreisungen wurden, um so mehr wuchs meine Bockigkeit. »'S Mäxle tät ihn essa, dös derfscht mir glauba!«

Mein Bruder hatte inzwischen aufgegessen und war vom Tisch verschwunden. Ich saß schwitzend vor meinem Teller, tauchte plötzlich den Löffel in den Spinat, pfefferte diese Ladung dem Mäxle auf seinen offenen Mund und sein blitzsauberes Kittele. Mutter gab mir eine Ohrfeige, ich heulte, sie weinte, und ein paar Stunden später, bei der Versöhnung, – Mäxle war bereits wieder rein und strahlend – sagte sie: »Aber dem Michele, äh . . ., dem Mäxle tuascht du so ebbes nia meha, gell. Gar nia!«

Ich habe dem Mäxle nie mehr »so ebbes« getan. Als Schulbub kitzelte ich ihn, wenn mir eine Hausaufgabe schwer fiel, mit dem Griffel am Bauchnäbele. Als Lehrling bedeutete mir Mäxle gar nichts mehr. Später, als ich mein erstes Schätzle den Eltern vorstellte, und dieses Mädle das Mäxle abbusselte, busselte ich sie, zum Dank dafür, auch ab. Ein paar Mädla haben das Mäxle kennengelernt, und ich hoffe, nicht ganz vergessen.

Mäxle hat ein Leben lang mit meiner Mutter und meinem Vater gelebt. Seinen Platz in der Sofa-Ecke hat er erst nach Vaters Tod verloren, als Mutter unser Haus, unsere geliebte Stube, verließ und in ein Altenheim ging. Dort spielt unsere alte, liebe Mama mit Mäxle. Ihre gichtigen, müden, gütigen, wunderbar-herrlichen Hände streicheln über sein Gesicht.

Vergangene Weihnacht hatte er dort – in der Fremde – erneut seinen Platz unterm Christbaum, der bald zu nadeln anfing. Schon am zweiten Weihnachtstag wollte Mutter ihr Mäxle wieder ganz in ihrer Nähe, im Korbstuhl haben, und ich mußte ihr versprechen, Mäxle in ihre Arme zu legen, wenn sie eines Tages mit dem Christkindle die große Reise antreten darf – dorthin – wo sie glaubt, mit ihrem Mäxle ihr Michele zu finden.

's Lämmle und 's Chrischtkendle

I bi als klois Büable, em easchta und zwoita Schualjauhr, oft zum Schäfer ganga, der em Hörbscht und Winter auf de Wiesa, dia an eiser Haus a'grenzt hant, d' Schauf g'hüatat und da Pferch aufg'stellt g'het hat. Manchmal hat'r mir sein alta, schwaza Huat aufg'setzt, sei Schipp en d'Hand druckt und g'sait: »So, iatz bischt du dr Schäfer!« Dr Barri, sei Hond, deam i öfters amal a Wuschthäutle mitbrocht hau, hat au' auf mei Kommando g'folget.

Em sella Dezember ischt a paar Täg voar Weihnächta z'mol a klois Lämmle neaber ma groaßa Schauf rumg'hupft. – »Guck Bua, 's Chrischtkendle hat heut Nacht dös kloi Mähle brocht!« – »'S Chrischtkendle?!«, hau i da Schäfer u'gläubig a'guckat, »'s Chrischtkendle kommt doch eascht nächschta Wuch!« – Dös kloi Lämmle hau i auf da Ara nemma und streichla derfa, und's liabscht wär mir g'wea, wenn i's hätt mit hoimnehma könna.

»Schäfer, isch dös wauhr . . ., bringt's Chrischt-
kendle d' Lämmla?« I hau eahm koi Ruah meha
g'lau. – »Woisch, Bua . . ., ganz wauhr ischt dös
it, aber 's Chrischtkendle kö't au' Lämmla bringa,
wenn's meacht!« – »Wenn's aber it meacht?!« –
Dr Schäfer ischt verleaga wora, hat romg'stottrat,
und g'moi't: »Woischt, d' Muatter von deam
Lämmle ischt mit 'm Hammel spaziera ganga, ja
. . ., und nau . . .« – »Was, nau?« – »Nau hant se
sich g'mögt, und nau . . . nau hat's Chrischt-
kendle eahne 's Lämmle g'schenkt.

Daumals hau i en meim Weihnächtskripple
bloß fünf Schauf, aber koin Hammel und koi
oizigs Lämmle g'het. Dia G'schicht, dös Ver-
zöhlte von eiserem Schäfer, daß dr Hammel
spaziera gauh –, und a Schäfle möga muaß, isch
it aus'm Kopf ganga.

Dr Heiner, mei Freind, hat en seim Kripple viel
Schäfla, Lämmla und en Hammel, mit ra'bogane
Hoara g'het. – I hau eahm dia G'schicht vom
Schäfer verzöhlt. Begriffa hat er se no weaniger
wia i. Und auf mei Bitt, ob i meine Schäfla a
nachtlang in sei Kripple neistella derf, zua seim
Hammel, hat'r g'moi't: »Mir isch dös gleich.«

Am Heilega-Aubad hat mir d' Mama beim

aufstella vom Kripple g'holfa. »Da Schäfer hant mir g'funda, aber koine Schäfla, Papa, woischt du, wo dös Schächtale mit de Schäfla sei' kö't?«, hat se en d' Kuche nausg'ruafa. Vom Papa, der se beim Rasiera grad g'schnitta hat, ischt als Antwort komme: »Bei eis find't ma doch nia ebbes!« – »Iatz Büable, überleg doch, wo dia Schäfla-Schachtel na'graumat hascht«, hat d' Mama allaweil wieder auf mi neig'schwätzt. I muaß en roata Kopf g'kriagt hau, weil d' Mama mei Hiara a'g'langat – und g'sait hat: »I glaub, eiser Büable hat Fiaber!« – »Ihr Zwoi send heut it ganz bacha!«, hat dr Papa aus dr Kuche rausbrommlat, »wenn ma koine Schäfla für's Kripple it haut, wead's Chrischtkendle da Weag zua eisrem Bua trotzdeam finda!«

'S Chrischtkendle hat am sella Heilega-Aubad da Weag g'funda, und mir schöane Spielsacha unter da Chrischtbaum g'legt. Beim Mola em nuia Molbuach, und beim Blosa auf dr sehnsüchtig g'wünschta Blockflöt, muaß mei von dr Mama a'g'nommes Fiaber wieder wegganga sei'. Um a zehna rom, ischt's Büable selig unterm Chrischtbaum ei'g'schlofa. Au' am Weinächtsmorga hat's it glei' an seine Schäfla denkt.

Mir hant grad en d' Kirch gauh wölla, wia dr Heiner en eiser Stub rei'platz ischt: »Dau hascht deine Schäfla! Lämmla hant se koine g'kriagt!, au' wenn i da Hammel z'mittlescht neig'stellt hau!« D' Mama haut mi a'guckat, dr Papa d' Mama. Nau hau i halt dia G'schicht vom Schäfer verzöhlt, daß d' Schauf en Hammel brauchat, und daß se sich möga müassat, wenn na's Chrischtkendle a Lämmle schenkt. Iatz hat auf amal dr Papa en roata Kopf g'kriagt. D' Mama hat g'lachat, ischt mir über mein schwaza Wuschelkopf g'fahra, und hat g'sait: »Was hant mir für a Büable!«

I hau em Jauhr drauf innawora, daß de kloine Lämmla it 's Chrischtkendle schenkt, daß dia alloi vom Möga zwischem Muatterschauf und

Hammel auf d' Welt kommat. Und weil dr Schä-
fer auf meine Frauga hat nomma verleaga wera –,
und romstottra müassa, send mir no' gröaßre
Freind wora.

D' Liab zua de Schauf ischt mir mei leabalang
blieba, und en meim iatziga Kripple hupft voar
em Jesuskendle a Lämmle, grad so ois, wia
daumals auf de Dorfwiesa, wo i em Schäfer sei
groaßer Freind g'wea bi'.

D' Welt, oimal schöa g'seha

Mei Kendheit ischt en koi guata Zeit g'falla. A groaßa Arbeitslosigkeit, dia mit dr heutiga überhaupt it zu vergleicha ischt, hat daumals au' voar onsrer Tüar it halt g'macht, und auf'm Weihnächts-Wunschzeattel ischt, neaber bescheidane Kloinigkeita, dia Bitt g'standa: »Liabs Chrischtkendle, bring onsrem Vater wieder a Arbat!«

Vom Onkel aus dr Schweiz, der scho a paar mal dr Retter en dr Noat g'wea ischt, hant mir seit seim letschta B'suach em Hörbscht koi Poscht meah g'kriagt, und meine Eltra hant romg'rauta, wer und wia ma wohl dean groaßzügiga Verwandta beleidigt hat.

Mir Kender hant ons über d' Freizeit vom arbeitslosa Vater g'freit. Er hat ons d' Sorga it a'merka lau, ischt mit zum Chrischtbaum hola ganga, hat onsre Laubsäga-Arbata überwachet, hat G'schichta g'wüßt, a so viele und so grausigschöane, daß d' Muatter oft g'sait hat: »Iatz roicht's, dia Buaba träumet scho laut drvo'!«

Aber mir hant au' am Tag Träum em G'sicht g'het, Träum vom Chrischtkendle, Träum von Weihnächta! En deane selige Buaba-Träum send mir ons it arm voarg'komma, hant mir onser Noatigsei' it g'spüart. A paar Äpfel, a paar Loibla, a paar Kerzla am Chrischtbaum, und vielleicht a Paar Händscha', mehr hant mir ons an deam Heiliga-Aubad gar it verhofft. Und vielmehr ischt es au' daumals gar it g'wea. De warm Stub, onsre Liader, und vom Chrischtkendle a Buach mit G'schichta, dia i zum Toil heut no auswendig woiß, G'schichta, dia mei Kender-Phantasie ausg'molat hat zu Bilder, auf deane i König und Kaiser wora bi'.

Und nau, d' Mitternachtsmett' en dr Kirch. En dr Kirch, en der's a so kalt g'wea ischt, daß oim dr Schnaufer beim Singa voar em Maul stauh blieba ischt. 'S Jesuskendle em Kripple mit Hei, 's Jesuskendle, dös it amal auf'm Strohsack hat schlaufa derfa, so wia i, – noi, bloß auf ma Heibündele, 's Jesuskendle, dös koi G'schichta-Buach unterm Kopfkisse zum Verstecka g'het hat, so wia i.

Koi G'schicht aus meim Buach, und koi Phantasie isch es g'wea: dr Radio, der nach dr sella

Mitternachtsmett auf onsrem Ecktischle g'standa ischt. Und aus deam a Musek g'spielt hat, no schöaner, wia dia vom Kircha-Choar.

Dr Schweizer Onkel hat dös Wunder, dean Radio eascht am Na'mettag vom Heiliga-Aubad überbringa lau, und dr Vater hat mit der Überraschung bis zu deam Augablick g'watet. – D' Muatter hat drzua g'moi't: »Wintermäntel hättet d' Buaba nöatiger braucht«, aber au' sie ischt voar deam Wunder-Kaschta no a Weile hocka blieba.

I bi an mein Vater na'g'schlupft, und er hat an de Knöpf von deam Radio trieba und g'sait: »Buale, los, dös isch iatz Rom!« – *»Rom?«* »Und höar, dös ischt dr Franzos!« – *»Von Paris?«*

Auf meim Stroahsack, und auf meim

G'schichtabuach, und ausg'löst dur' dia fremde Spraucha aus dem Wunderkaschta, hau i en dr sella Heiliga-Nacht von Rom und Paris träumt, und dia Städt g'seah, so schöa, wia i Rom und Paris, viele Jauhr später, als Erwachsener, koi oizigsmal voarg'funda hau.

Liabs Chrischtkendle, i gäb ebbes drum, wenn i d' Welt no amal a so schöa seha kö't, – aber i glaub, dös ka ma bloß vom Stroahsack aus.

»Dolfe«, kein Weihnachtsbraten

»Mama, guck was i am Bächle dront' g'funda
hau!« – »Büable, dös isch a Gaus-Oi, zum Kocha
könnet mir dös it braucha«, hat d' Mama erwi-
drat. »Was dont mir nau mit deam groaßa Gag-
gale, Mama?« – »Trag's zua dr Frau Würschtle
nom, dia hat Gäns, vielleicht brüatet bald oina,
nau ka's d' Frau Würschtle deaner Bruat-Gaus ins
Neascht lega.«

Onser Nauchbäure, d' Frau Würschtle, hat auf
mei Oi mit Tintastift a Kreuzle g'maulat und a
Wuch später mit acht andre Oier, au' mei Oi,
ihrer Bruat-Gaus unter da Bauch g'schoba.

»Bertele, wenn a kloi's Gänsle schlupft, nau
g'höart's dir!«, hat mir d' Nauchbäure versichrat.

Stellat ui a nuigierigs Büable mit acht Jauhr
voar, der dös Wunder, daß aus ma Oi nach a paar
Wucha Brüata a leabigs Gänsle schlupfa wead,
kaum verwata ka'. Fascht alle Täg hau i mi voar's
Neascht von dr brüatiga Gaus nag'stellt. Dr Herr
Würschtle hat mi ausg'lachat und g'spöttlat: »I

glaub, es wär am Beschta, wenn du selber ens Neascht neihocka – und dia Gänsla ausbrüata tätescht!«

En dr Karwuch send aus meim a'kreuzleta Oi und aus alle acht andre Oier goldgelbe Gänsla g'schlupft. Nach a paar Täg hau i mei Bibberle hoimnehma derfa. Es hat au' en Nama g'kriagt: »Dolfe«. So hat onser voarig's Jauhr verendeter Kater g'hoissa.

En dr Holzhütte, dia an onser Haus a'baut g'wea ischt, war's für mei Gänsle voarläufig no' z'kalt. Es hat a Plätzle en dr Kuche, neaber em warma Herd g'kriagt.

Mei Bruader isch en da Dolfe genau so vernarrat g'wea wia i. So a Haufa Kender aus'm Dorf send dr Mama manchesmol z' viel woara; alle send se komma und hant en onsrer Kuche drinn mei Gänsle g'hätschalet.

Aus'm Dolfe isch a Dolf woara. Z' Nacht hat'r iatz en dr Holzhütte duss schlaufa müassa. Aber am Tag isch'r vom Gata en d' Kuche rei'g'watschlat, hat sein langa Hals g'streckt und mit seim Schnabel ons Buaba an de Wada kitzalet.

Wia nau's Jauhr em End zuaganga ischt und um onser Holzhütte 's Boyerwindle pfiffa hat, hat

dr Papa g'moi't: »Warum soll dr Dolfe friera? Ihr hant eahm 's ganz Jauhr über so viel Freid g'macht, iatz soll'r ons a Freid macha, und zwar als Weihnächtsbrauta!«

Mei Bruader und i send a'g'standa; ons ischt d' Farb aus'm G'sicht g'wicha; au' d' Mama hat ihren Löffel beim Mittagessa voar Schreck en d' Supp neifalla lau.

»Wenn dr Papa da Dolfe auf Weihnächta metzgat, gant mir ens Holz naus und kommet nia meah hoim!« Dauzua waret mir fescht entschlossa.

Beim letschta Rorate voar Weihnächta hant mir Buaba meah brennende bengalische Zündhölzla vom Kirchaberg ra'g'worfa. Mei Hözle hat en da

Pelz vom Herr Pfarr nei troffa. Der hat tobet, obwohl i Abbitt' g'leischtat hau, und dahoim hau i vom Papa eascht recht Wix g'kriagt. En seim Zoara hat'r g'schimpft: »Und der Gauser, der Dolfe muaß iatz weg, endgültig!«

Dr Dolfe war weg, voarläufig! D' Mama hat erlaubt, daß mir onseren Liebling zum Nauchbaur, zua de Würschtles, en da Stadel ei'quartiera derfet. Am Heiliga Aubad hant mir em Dolfe a extra groaß' Schüssale Eardbira mit Haber vermischt, an sei Heibett traga. – An de Weihnächtsfeiertäg ischt koi Gausbrauta auf'm Tisch g'standa. En Sauerbrauta hat d' Mama serviert.

Mir hant a'g'nomma, daß es da Papa nach all deane Feschttäg nomma nach ma Gausbrauta g'lüschtet. Em muia Jauhr isch onser Dolfe nau meah Stammgascht en dr Kuche g'wea. Da Papa hat'r aber g'schnitta ond dös hat ons arg g'freit!

Em April, es muaß em easchta Kriagsjauhr passiert sei, – aus alle Häuser send Fähna g'hanget, wahrscheinlich zua ma »b'sondre« Geburtstag, – dau isch onser alter G'moindsdianer en onser Kuche rei'platzt: »Wisset ihr, dös ischt a Sauerei, daß uier Gauser da Voarnama von onsrem Führer hat?!« – »Dippel!«, hat eahn mei

Mama ausg'lachet: »Du hoischt ja selber Dolf und bischt dümmer wia onser Gauser!«

Em sella Dezember, und en no drei nauchfolgende Dezember hat mei Dolfe koi Angscht meah hau müassa. – Aber mir hant Angscht g'het und ons g'forchta . . . weil dr Papa em Kriag schiassa hat müassa.

Dr Dolfe hat da »Kriag« und da »Adolf« überleabt. Aber sechs Maunat später, en deaner arga Noat-Zeit, ku'z voar Weihnächta, hat ma d' Holzhütte en dr Nacht aufbrocha und onsren Dolfe g'stohla.

De guat Nauchbäure hat ons als Weihnächtsbrauta a jungs saftigs Gänsle a'bote. Dr Mama ischt dr Verzicht it leicht g'falla, aber d' Frau Würschtle hat ihra Begründung verstanda: »Meine Buaba tätet koi Bröckle na'bringa!«

En Sauerbrauta hat's bei *ons* am easchta Weihnächts-Feiertag geaba. En Sauerbrauta geit's bei *mir* jedes Jauhr am easchta Weihnächts-Feiertag. Bei ma Gausbrauta müaßt i an da Dolfe denka . . . und tät koi Bröckle na'bringa.

Heileg-Aubad im Pflegeheim

Seit Vaters Toad leabt mei pfleagebedürftiga Muatter em ma Heim. Trotz m' schöana Zimmer, mit oigane Möbel, trotz hilfreicher Bedienung: se hat lang braucht, bis se sich en dr nuia, fremda Umgebung z'recht g'funda hat. »*Dahoim*« ischt no' heut, nach fünf Jauhr jedes zehnte Wort, und mir kommt voar, ihr Dorf, in deam se feifasiebazg Jauhr g'leabt hat, ischt ihr ens Herz neig'moißlat.

Scho wuchalang voar Weihnächta bettlat mei Muatter: »Gell, am heilega Aubad kommscht zu mir!« I sag ja, aber ganz ehrlich ischt mei Zuasag it; se kommt it von Herza. I denk mir, oimal möcht i dean schöaschta Aubad vom Jauhr für mi' hau, ohne Zwang, ohne Verpflichtung, und ohne »dös g'heart se doch!« Aber wenn's nau so weit ischt, ischt halt »dös g'heart se doch« stärker, und i fahr zu meiner Muatter ins Pflegeheim.

Im Heim ischt d' Luft heut anderscht. Dr groaß Chrischtbaum em Hausgang, mit de viele brennende Kerza verbroitat Glanz und Feschtäglichkeit. D'Muatter em Rollstuahl streckt mir ihre verknöchrate Händ entgega. Schlauf hat se heut Na'mettag koin g'funda. I putz ihr 's mitbrochte Chrischtbäumle mit de Kugla von »dahoim«. – »*Dahoim*« ischt wieder jedes zehnte Wort. Se fährt em Rollstuahl an da Tisch, kochat en Kaffee, und i mach Stimmung: »Guck, wia schöa dös Bäumle en dei Zimmer paßt!« D' Muatter schweigt. – Auf'm langa Gang, voar de Zimmer, fangt dr Kinderchoar 's Singa a'. Nach dr letschta Stroph von dr »Stilla, heilega Nacht« laufat ihr d' Zähr über de gelbe, ei'g'fallane Backa. – I guck weg, auf d' Wand.

Nau laß i se meine G'schenkla auspacka. A Kender-Freid stauht en ihrem G'sicht, und se sait, wia früaher: »Aber a soviel Geld ausgea, dös hätt's doch it braucht!« – Für mi hat se au' a Päckle parat. A Kloinigkeit, – d' Pfleagere hat's b'sorga müassa. I lob ihren guata G'schmack, und mach se daumit glücklich.

'S Aubadessa schmeckt ihr heut b'sonders guat. Weil i mitess', und weil se it alloi am Tisch sitza muaß.

Ab und zua b'suachat ons ihre Zimmernauch-bäurenna. »Was hat Ui 's Chrischtkendle

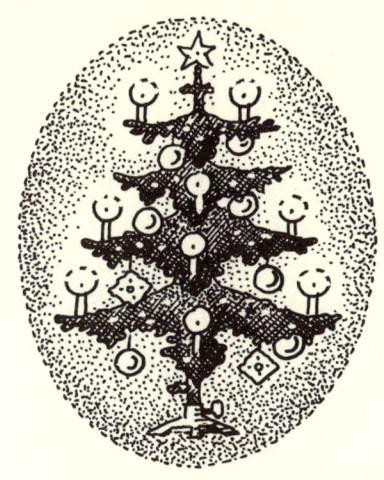

brocht?«, schreit se dr schwerhöriga Leidensge-
nossin ens Oahr.

»It viel, Ihr wissat ja, i hau Neamad meah!«

Dr nächschte Gascht, a 85jähriga Schualleh-
rere, dia a Weile später a'klopfet, kriagt au' von
ons a G'schenkle, und se nickt und dankt minuta-
lang, wia's Negerbüable auf'm Opferstock, en
dean ma a Zehnerle g'worfa hat.

Dr dritte B'suach, dr Josef, der nomma denka
ka', trinkt a Glas Wei', lachat wia a Kend, und
streichlet en oim fu't d' Kugla vom Chrischt-
bäumle.

Dr Wei' hat mei alta Muatter müad g'macht. Se gauht ens Bett, und guckat no a bißle auf d' Mattscheib. Es gibt a Krippa-Spiel mit Kender. »Luag na dia kloine Racker a'!, höar i se no saga, und nau schlauft se ei', schlauft nei en da Heilega-Aubad.

Se wachet eascht wieder auf, wia i mi zum Hoimfahra richt. D' Auga voller Müadigkeit, ziaht se mi auf ihr Bett, und sait: »Woischt, was 's Chrischtkendle vergessa hat ... Flügel, zum Hoimfliaga.«

Weihnächts-G'schenk,
Weihnächts-Wunsch

Liabe Schwauba, ihr wearet, wenn'r dia G'schicht g'leasa hant, saga, dr Naegele hat wieder amal dichtat. I muaß ui aber widersprecha. Alls, was i ui vrzöhl, isch wauhr, so wauhr, wia's wauhr isch, daß 's Chrischtkendle bis iatz no alle Jauhr de brave Kender ebbes brocht hat.

A'fang Januar isch g'wea: In dr Boarischa Landeshauptstadt, z' mittlescht auf'm Marienplatz, wear' i von ma Weible a'g'sprocha: »Gell, Sie send dr Herr Amtsrichter?!«

I hau glei' g'wißt, worauf si hat naus wölla, hau mi aber domm g'stellt und g'sait: »Liaba Frau . . .!«

»Spiagale, hoiß i«, isch mir dös Fraule ens Wort g'falla, »i bi a Schwäbin, und Sie a Schwaub, gell, i kenn ui scha lang, Sie send dr Herr Naegele vom Fernseha . . ., warum hant ihr denn nächt z' Aubad en deam Stuck dean Lomp it ei'g'sperrt? So ebbes Nixix lat ma doch it frei romlaufa! . . . Bua, wenn i a Richter wär!«

Wia soll ma sich en so ma Fall wehra? D' Frau Spiagale hat außerdeam mei warm's Hoimat-Schwäbisch g'schwätzt, und dös war für mi mitta auf'm Marienplatz wia a barocka Musek. Wia se nau g'moi't hat: »Tätet Sie mit mir en Kaffee trinka?«, bin i schwach woara und hau mi von deam freindlicha Frau »Spiagale« verhexa lau.

Daß se zwoiasiebazg Jauhr alt – und ihr Ma' voar acht Maunat g'storba ischt, daß se am Gia-singer Berg in ra Altbauwohnung leabt, daß ihr Fuaßwerk no guat –, und ihre Ärm no voller Kraft send, und daß se bei ma Jungg'sell, und eascht recht bei ma Schauspieler – der no allaweil schwäbisch schwätza ka – gera putza tät; daß se gar it schaffa müaßt, aber daß ihr d' Arbat a Freid ischt und von dr Hand gauht; daß se a Schwäbin blieba ischt, obwohl ihr Ma' a Boyer g'wea ischt, alls dös, und no mehr, hat mir d' Frau Spiagale bei zwoi Känntla Kaffee verzöhlt.

Mir isch dös A'gebot wia a G'schenk vom Himl komma. Mei letschta Raumpfleagere isch von Wuch zua Wuch bissiger woara, hat meine Wachskerza am Chrischtbaum für altmodisch erklärt, ihren hauriga Hond mit dreckate Pfota am Heiliga Aubad, nauchdeam se alls putzt g'het

hat, auf mei nuis Kanappe flacka lau, und . . . d'
Telefo'rechnung hau i gar nomma verzahla
könna, so isch dia von Maunat zu Maunat
g'stiega, bis i rauskriagt hau, daß se in meiner
Abwesenheit Überseegespräche mit ihrer Toch-
ter z' Amerika g'führt hat. Dau drauf na hau i si
natürlich kündigt . . . telefonisch!

A paar Täg nach deam Kaffeehaus-Dischkurs
hat d' Frau Spiagale ihren Ei'stand bei mir g'het.
Se hat drauf b'standa, daß i »Anna« zua ihr sag, –
aber mei A'gebot, mi au' beim Voarnama
z'nenna, hat se abg'lehnt.

Mei Anna hat sich als a »Roasakranz-Bearale«
vom »alta Schlag« entpuppt. Beim Putza, Spüala,
Bögla, will se koi Unterhaltung, dös lenkt von dr
Arbat a'! Da Staub von meine viele Büacher bannt
se en woicheschte Lompa, meine Plaschtika aller-
dings, dia »weibliche Forma« hant, dia vernach-
lässigt se a bißle. Aber mein schöana griachischa
Jüngling, dean mag se; mit a ma spitziga Mäule
und glitzrige Auga blauset se deam d' Stäubla
vom Lockakopf und von de Lenda. – Oh, Anna,
du schwäbisch's »Bearale« vom Giasinger Berg!

Alle Poscht legt se u'gleasa auf mein Schreib-
tisch. Wia se's Datum von meim Geburtstag

rauskriagt hat, woiß i it. Am sella Aubad grüaßt mi a u'bändig groaßer Bluamastrauß, und em ma kloina Päckle find i en Zeattel: »Der Nuschter mit Silberkreuz (Handarbeit) stammt von meiner Großmutter. Herzlichen Glückwunsch! Ihre Anna.« –– Anna Spiagale, i muaß mi schäme, da Anna-Tag, dein Namestag, daumals im Juli, hau i ganz und gar überseha.

Im Früahhörbscht hau i wieder en dr Welt-g'schicht romgondla müassa; gottlob ohne Sorga an Dahoim. D' Anna hat aufpaßt und alls in Ordnung g'halta.

Voar Allerheiliga hat se's Gespräch allaweil wieder auf ihren verstorbena Ma' und auf da Friedhof g'lenkt. I hau ihren Wink mit'm Zau'-pfauhl verstanda, hau ihr da G'falla toa und bi am 1. November hoim zum Grab von de »Meine« g'fahra.

Zua meim Adventskranz aus Stroah, hat se sich it g'äußret. I hau's g'spürt, daß' r eahner z' nacket g'wea ischt.

Am 4. Dezember, an St. Barbara, hat mir mei Anna a Buschel Kirsch- und Forthytienzweig en de groaß Vas g'stellt.

Zum Nikolaus hau i ihr an da Teppichklopfer

schokoladne Vögala, Herzla und Stearala bunda.
– Si hat mir a verzuckrata Ruat g'schenkt.

»'S Chrischtkendle« für mei Anna hat mir
Kopfzerbrecha g'macht. Obwohl d' Schwauba 's
Geld b'sonders gera mögat, hätt i se mit ma Schei'
wahrscheinlich beleidigt. I hau an en griachischa
Apoll denkt, aber z'letscht hätt's mir voar-
g'worfa, i spionier ihr beim Abstauba nauch.
Plötzlich isch mir ei'g'falla, daß se von ra Reis'
g'sprocha hat, dia se em Früahling macha möcht,
– also a Reisedecke, dös kö't se freia.

D' Anna hat so hintarom g'fraugat, ob i em
B'sitz von ma Kripple bi. Mei Paket mit Reise-
decke und dr Aufschrift »Erst am Heilgen Abend
öffnen«, hat d' Anna nach ihrem letschta Gene-
ralputz scho voar Weihnächta mit hoim-
g'nomma, und zehamal Vergelts Gott g'sait. Mir
isch es spanisch voarkomma, daß mei Roasa-
kranzbearale gar nix für mi dauglau hat.

Am Heiliga Aubad, gega fünfa, erscheint d' Frau Spiagale mit ma groaßa Paket. »S Chrischtkendle schickt mi . . . obacht geaba, bittschöa!«, bettlet se beim Auspacka. Mir isch dr Schnaufer hangablieba: En ma Glaskaschta, a alt's, wunderschöas, schwäbisch's Fatschakendle, mit ma Lokkaköpfle wia mei Apoll, mei griachischer, und mit ma G'sichtle, halt ganz wia's Jesuskendle. – Dr Anna g'föllt mei narrata Freid und se sait« »I hau mr halt denkt, es soll en guata Platz hau, wenn i amal nomma leab.« I streichle über ihre hitzige Bäckla, si fangt a bißle zum Heina a' und stottret: »A leabigs Chrischtkendle sottet *mir Zwoia* hau, aber mei' . . . i glaub . . . i bi halt scho a bißle z' alt . . .«

Anna, woisch was mei Muatter zua ons Buaba oft g'sait hat: »Wenscha derf ma se vom Chrischtkendle viel, aber bringa ka's halt it alls.«

66

's Tännele

Früher gingen die Leute vom Dorf nicht in den Wald; sie gingen ins Holz.

Für meinen Vater war das Holz, der Wald, das halbe Leben. Seine Liebe zu ihm hing sicherlich mit seinem Beruf zusammen. Er arbeitete viele Jahre als Holzer im nahegelegenen Sägewerk.

Durch meinen Vater ist auch mir der Wald ans Herz gewachsen. Nach den Worten meiner Mutter hat mein Vater mich schon als kleines Kind auf seinen Schultern ins Holz getragen. Daß ich daran keine Erinnerungen habe, ist verständlich. Mir ist aber auch ein gemeinsames Christbaumsuchen, zu dem mich mein Vater als Sechsjährigen mitgenommen hat, nur verschwommen im Gedächtnis geblieben. Später, viel später, erzählte er mir darüber: Es war in den Wochen vor Weihnachten. Wir gingen ins Holz und suchten ein Tännele. Ich durfte ihm dabei helfen, den gefrorenen Schnee von den Bäumchen zu schütteln.

»Baba, guck, dös dau, dös ischt a schöas Chrischtbäumle!«

»Ja, recht hascht, aber dös ischt z'schad' für en Chrischtbaum, dös derfet mir it nehma!«, antwortete der Vater.

»Baba, warum derfet mir dös Bäumle it nehma?«

»Weil dös frei daustauht und Platz zum Wachsa hat, mir müasset a Bäumle nehma, dös koin Platz zum Wachsa hat.«

»Baba, guck, dös Chrischtbäumle hat koin Platz zum Wachsa, gell, dös nehmat mir!«

»Noi, dös nehmat mir au' it! Guck's doch a', dös ischt ja schiaf g'wachsa und hat koin schöana Spitz!«

Wir fanden in diesem Holz kein passendes Bäumle und stolperten daher im tiefen Schnee weiter zum Haselhölzle. Plötzlich entdeckte ich einen Fuchs und schrie entsetzt: »Baba, verschiaß eahn!« Eine Woche zuvor hatte nämlich ein Füchslein aus unserem Stall zwar keine Gans, aber eine Henne gestohlen. Vater lachte und meinte: »Woischt, Buale, au a Füchsle braucht im Winter amal a warms Essa.«

An einem umzäunten Gehege angelangt, er-

klärte er mir, daß die dort angepflanzten Bäum-
chen – Blautannen – für ein kurzes Christbaum-
dasein viel zu kostbar seien. Ich wollte wissen,
was kostbar sei.

Nun fing der Vater an, mir die Kostbarkeit des
Waldes und den Wert des Holzes zu erklären:
»Ohne Bäum hättet mir koi gueta Luft; ohne Holz
gäb's koi Haus, koin Tisch und koin Stuahl . . .«
»Und koi Krippele für's Jesuskendle, gell, Baba!«
fiel ich ihm ins Wort.
»Jawohl, Buale, au' koi Krippele! – Aber iatz
müasset mir nauf, en's Haselhölzle und dau a
Tännele finda«, drängte der Baba. Ich fror inzwi-
schen an Händen und Füßen und meinte: »Wenn
d'Tännela so koschtbar send, brauchet mir gar
koins absäga.«

»Blautännela send koschtbar, hau i g'sait«, gab mein Vater zurück.

Wir stapften weiter und kamen zum Haselhölzle. Dort fanden wir das Christbaumtännele: Vier Bäumchen standen auf engem Platz beisammen.

»Dau, dös säget mir iatz raus, nau könnet de andre drei mehr Luft und Sonna kriaga . . . und groaße Bäum wera.«

»Gell, Baba, i wer' au' amal groaß?!«

»Freile«, nickte mein Vater: »Wia d' Tännela . . . dia wered au' jed's Jauhr um a Stückle gröaßer.«

Während meiner Dorfzeit ging ich noch viele Jahre mit Vater ins Holz. Später – vor allem in der ersten Zeit meines Großstadtaufenthaltes – vernachlässigte ich das Holz, den Wald mit all seinen Schönheiten.

Aber nicht lange! Die Sommerferien verbrachte ich wieder zu Hause. Ich fing wieder an, ins Holz, in den Wald zu gehen, und mein inzwischen alt gewordener Vater schloß sich an. »A kloin's Tännele will i amal auf mei'm Grab . . ., vergiß es it!« kam es eines Tages, wie aus heiterem Himmel, aus seinem Mund. »Dös hat no viel

Zeit, Vater«, gab ich erschrocken zurück.

Schon ein paar Monate später mußte ich ihm eines pflanzen: »a kloins Tännele«.

Jetzt, nach fast 20 Jahren, ist aus dem kloina Tännele eine stattliche Tanne geworden; zu groß und in unseren Gottsacker nicht mehr passend. Ich werde sie ausgraben und in den Garten unseres früheren Nachbarn verpflanzen, damit sie weiterlebe.

Dann werde ich auf meines Vaters Grab noch einmal »a kloins Tännele« setzen. In 20 Jahren wird – vielleicht – aus dem Tännele wieder eine stattliche Tanne geworden sein.

Wenn sie dann für den Gottsacker erneut zu groß geworden ist – und ich um diese Zeit mit dem Vater schon im »ewigen Wald« spazieren gehen sollte –, sind andere an der Reihe, sie auszugraben und für uns beide »a nuis kloins Tännele« zu pflanzen, ein's aus unserem Holz, ein's aus unserem kostbaren Wald.

Vorausgesetzt, daß es ihn bis dahin noch gibt.

Toll, dufte, Spitze!

Vor zwei Jahren lockte mich die Frühjahrssonne in einen Münchner Biergarten. An der geschützten Hauswand fand ich einen Tisch, an dem ein junges Pärchen schmuste. Nach der ersten Maß und dem zweiten Prost wußte ich, daß der Name des entzückenden Mädchens »Everl« war und der umarmende Freund Günther hieß. Das Everl hatte vor kurzem seine Lehre als Pelznäherin abgeschlossen, der Günther schickte sich an, eine für ihn zwar entsetzlich langweilige, aber doch einen sicheren Arbeitsplatz bietende Beamtenlaufbahn einzuschlagen. Sein toller heißer Ofen – sein Motorrad – war ausnahmsweise im Stall geblieben. Um den erfolgreichen Lehrabschluß mit Märzenbock gebührend feiern zu können, war man lieber mit der lahmen S-Bahn in die Stadt gezockelt.

Mir gefielen die jungen Leute auf den ersten Blick, die reizend plappernde Achtzehnjährige und der selbstbewußte Einundzwanzigjährige.

In ihren Gesichtern war etwas Ländliches, nichts von heißem Asphalt, nichts von kaltem Beton.

»Und Sie, Herr Nochbor«, bayerte Günther, »Sie san a Schwob?«

»Ja, dös hört ma, gell!«, gab ich zurück.

»Sogns, ham Sie koa sie? San Sie ohne sie?«

»Aber – Günther!« Everl zog die linke Augenbraue hoch und schmollte: »Sei net so neigierig!«

»Kommen S'doch gelegentlich amal zu uns auf's Land! Unsere Wirtschaft im Dorf ist Spitze, das Bier und das Essen einfach toll und die Bedienung ist mehr als dufte«, meinte Günther spitz- bübisch.

Wir zahlten unseren Märzenbock, tauschten unsere Telefonnummern aus und verabschiedeten uns.

Noch nicht einen Tag danach, schon um sieben Uhr in der Früh' des nächsten Morgens, rief mich Günther an.

»Toll war's gestern, einfach Spitze!« – »Auch an Gruaß vom Everl, der ham S' g'falln. Dia mog Sie!«

»I sie au!« stotterte ich schlaftrunken in den Hörer.

»Aber net zu toll, gell!« war Günthers halb lachende Antwort.

»Bua, i könnt ja Everls...«

»Wos?«

»I könnt ja Everls Vater sei... und deiner au.«

»Iatz ham S' ›du‹ g'sogt. Do müass'n mir beim nächst'n Treff oan drauf trinka!«, beendete der neue Freund das Gespräch.

Seit diesem Treff läutete Günther mich fast täglich aus dem Bett. Und Treffs fanden in der Zwischenzeit viele statt. Abwechselnd besuchten mich die beiden und oft diskutierten wir zu dritt bis in die Nacht. Ich gewann das Vertrauen der jungen Leut'. Ich wurde der Zuhörer von ihren tollen und weniger tollen Berichten.

Weihnachten stand vor der Tür. Eintrittskarten für die Oper »Hänsel und Gretel« waren mein Geschenk. Ich saß zwischen den beiden und hatte das Gefühl, mit Kindern im Theater zu sein. Das »Toll« und das »Dufte« kam an passenden und unpassenden Stellen. Als gar die Hexe in den Ofen geschoben wurde, hielt es Günther nicht länger auf seinem Sitz. Er schrie »Spitze« und erntete damit im Zuschauerraum lautes Gelächter.

Am Heiligen Abend rief mich Günther an. »Mir denk'n an di' und b'suach'n di' bald!« Am zweiten Weihnachtsfeiertag kamen sie; Everl mit selbstgebackenen Platzerln, den »allertollsten«, und Günther mit seinem »superduften« Wodka.

Vier Monate später. Es war wieder Frühling und Everl kam allein zu mir. Sie beichtete mir, daß sie zu Weihnachten ein lebendiges Christkinderl erwarten würde.

»Sprich doch du mit Günther, bitte; er will's net kapier'n!« weinte sie.

Ich sprach mit Günther. Er fand meine Worte gar nicht toll; sah aber nach langem Zureden ein, daß man dem Everl ihr »Christkinderl« nicht wegnehmen dürfe.

Bald darauf gaben sich Everl und Günther ihr Ja-Wort. Es wurde keine tolle Hochzeit; aber die beiden richteten sich mit Hilfe ihrer Eltern eine dufte Wohnung ein.

Früher als erwartet brachte Everl am 6. Dezember einen kräftigen Buben zur Welt. Sie tauften ihn Niko. Am zweiten Weihnachtsfeiertag dieses Jahres kamen sie nicht zu mir. Ich fuhr zu der jungen Familie.

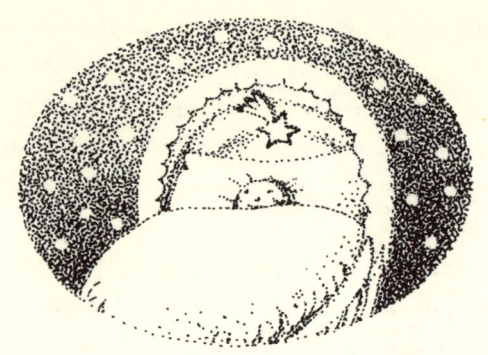

Ich hatte noch nicht meinen Mantel abgelegt, als mich der stolze Papa schon zur Wiege zog.

»Wos sagst iatz, ha?«

Ich sagte nichts. Der kleine Niko maunzte. Darauf nahm ihn Günter aus der Wiege und hielt ihn mir vors Gesicht:

»Niko, wia g'fallt er dir, mei Freind... dei... schwäbischer Opa?«

Niko schwieg. – Ich auch.

»Wia g'fallt dir denn mei Bua?« forderte mich Günther auf, endlich was zu sagen.

Nachdem ich den »Opa« mühsam geschluckt und verdaut hatte, zwang ich mich dazu, noch einmal jung zu sein; wenn auch nur für ein paar Sekunden. Lässig schnodderte ich: »Toll... dufte... Spitze!«

Vorweihnachtliche Kässpatzen-Party

Anläßlich des Umzugs in meine neue Dreizimmerwohnung standen mir viele Freunde mit Rat und Tat zur Seite. Mit einem schwäbischen Käs-spätzles-Essen wollte ich mich dafür erkenntlich zeigen. Die Party wurde auf ein Wochenende im Juni festgesetzt. Wegen unvorhergesehenen beruflichen Verpflichtungen mußte jedoch die Feier immer wieder und wieder verschoben werden. Als neuer Termin wurde jetzt endgültig der vierte Adventsonntag bestimmt, der Tag vor dem Heiligen Abend.

Ich begann zu telefonieren. Nach einer knappen Stunde hatten zwanzig Teilnehmer freudig zugestimmt. Meine Freude aber schwand zusehends mit der steigenden Zahl der Zusagen: Zwanzig Portionen Kässpätzle, zwanzig Portionen Salat, dazu Weißwein und Kirschwasser. Wo nehme ich nur soviel Kochtöpfe, Schüsseln, soviel Stühle, Teller, Bestecke, Gläser usw. her?

In meiner Bedrängnis rief ich meine Freundin an,

die von meinem Vorhaben wußte. Wegen der Vielzahl der Gäste und der damit verbundenen enormen Arbeit reagierte sie alles andere als freundlich. »Füttere die überfressenen Wohlstandsjünger mit geistiger Kost ab, erinnere an die Armut des Weihnachtsevangeliums!«

Weihnachtsevangelium!? – Kässpätzle hatte ich meiner Helferschar versprochen. – Auf ihre tatkräftige Mithilfe konnte ich also nicht rechnen. Mein Wohnungsnachbar, ein Dekorateur, der sich von mir Zigaretten ausleihen wollte, kam mir wie gerufen.

»Kannst Du mir bei meiner Party in der Küche helfen?«

»Tut mir leid, aber in der Küche habe ich zwei linke Hände. Wenn Du willst, dekoriere ich Dir Deine gute Stube.«

»Hast du Stühle? – Ich benötige dringend Stühle!«

»Nein, aber ich leih' Dir gerne meine paradiesischen Sitzkissen.«

Nun gut! – Kässpätzles-Essen auf paradiesischen Kissen!

Plötzlich kam mir die Idee, mein um wenige Jahre älteres, schwäbisches Bäsle als Helferin zu gewinnen. Ohne »Wenn und Aber« sagte die Gute meiner Bitte zu; auch zum Aufräumen am nächsten Tage, also am Heiligen Abend, wolle sie kommen. Große Schüsseln und ein Knetgerät bringe sie mit. Um zehn Uhr würde sie am Sonntag vor meiner Türe stehen.

Und pünktlich um zehn Uhr stand sie vollbepackt vor meiner Tür, läutete mich aus den Federn und schimpfte mich einen stinkfaulen »Siacha«, der sich all die Jahre nicht um ein Haar gebessert hätte. Eine kurze Katzenwäsche und ein von ihr in der Zwischenzeit gebrauter, extra starker Kaffee brachten mich schnell auf die Beine.

Und dann schepperten die Töpfe. Das mitgebrachte Gerät begann zu surren und knetete aus Mehl, Salz, Wasser und Eiern einen herrlichen Spätzles-Teig. Vier Pfund Emmentalerkäse aus dem Allgäu wurden gerieben, drei Pfund Zwiebeln unter starkem Tränenfluß geschnitten, zehn Stauden Salat geputzt und tafelfertig gerichtet. Ich alleine hobelte die riesige Teigmenge mit Hilfe des »Spatzenscheißerle« in das kochende Salzwasser, so daß mir der Schweiß in Strömen von der Denkerstirne rann.

Inzwischen war auch mein Nachbar gekommen.

Er deckte den Tisch für die Gäste, die dort Platz nehmen konnten, für die übrigen verteilte er seine paradiesischen Sitzkissen auf dem Teppichboden. Das Telefon läutete. Er nahm den Hörer ab und meldete in die Küche: »Dein teures Schätzle fühlt sich wieder mal nicht wohl; es kommt später.« – Darauf lachte mein liebes Bäsle verschmitzt und meinte: »Dös ischt nicht die wahre Liebe, denn dia geht durch da Mage. – Vetter, bleib ledig!«

Kurz vor ein Uhr, ich hatte gerade noch Zeit, zur Feier des Tages »mein roats schwäbischs Weschtle« anzuziehen, trudelten die Gäste ein. Zwar bewunderten alle die weihnachtlich geschmückte Stube, doch ihre Blicke gingen unaufhörlich in Richtung Küche, ihr Schnuppern nach der kässpätzlesgeschwängerten Luft wurde immer stärker. Ich bat sie Platz zu nehmen für eine kurze adventliche Besinnung. Als die von einer Schallplatte gespielte, letzte Strophe des Adventliedes »Tauet Himmel, den Gerechten« mit den Worten »laßt uns wie am Tage wandeln, nicht in Fraß und Trunkenheit« verklungen war, begann ich, dem Ratschlag meiner Liebsten folgend, die Frohbotschaft des Lukas-Evangeliums zu lesen:

Es begab sich aber zu der Zeit, daß ein Gebot von Kaiser Augustus ausging, daß alle Welt...

»Jetzt fresset amal Uire Kässpatze! I halt's vor Rauch und G'stank von dene verbrennte Zwiebel nomma aus!« lamentierte das Bäsle aus der Küche.

Ein Lachsturm setzte ein, an ein Weiterlesen war bei bestem Willen nicht mehr zu denken. Die Kässpätzle wurden gereicht. Die Flaschen entkorkt, der Weißwein funkelte in den Gläsern. »Pröschterle auf die Köchin! Pröschterle auf den Koch!« Käsfäden hingen wie Lametta in den Bärten der Männer, übervolle runde Hamsterbacken der Frauen erinnerten an bunte Christbaumkugeln. Nichts war mehr von der geistigen Kost zu verspüren. Wir wandelten in Fraß und Trunkenheit.

Erst bei dem dritten Verdauungsschnäpsle erschien meine Angebetete. Um ihre Indisposition zu bekämpfen, genehmigte sie sich nicht ein, sondern mehrere Kirschwässerle und verschlang anschließend eine Riesenportion Kässpätzle.

Die Stimmung steigerte sich immer mehr und mehr, so daß das Bäsle, überdrüssig dieses turbulenten Treibens, reißaus nahm. Sie versprach jedoch nochmals, am nächsten Mittag zu den Aufräumungsarbeiten zu kommen. Als ich zu fortgeschrittener Stunde noch eine handfeste Brotzeit und ein Fäßle Festbier anzapfte, besang die ganze Gesellschaft mich: »Heute kommt der Weihnachtsmann, kommt mit seinen Gaben.«

Erst gegen drei Uhr morgens verabschiedeten sich die letzten Gäste. Meine beschwipste Herzensdame wollte unbedingt nach Hause und bestellte sich ein Taxi. Beim »Gute-Nacht-Bussi« beteuerte sie mir heiß und innig, daß sie gegen Mittag auf jeden Fall wiederkommen würde. In dieser Unordnung könnten wir – sie und ich – doch nicht Weihnachten, das Fest der Liebe, feiern.

Ich, der Gastgeber, der auch nicht mehr ganz nüchtern war, warf noch einen Blick in die Kässpätzleswerkstatt, übersah bewußt das Gebirge von gebrauchtem Geschirr und fiel todmüde ins Bett.

Das Läuten des Telefons gegen zehn Uhr riß mich aus den Federn. Das treue Bäsle erklärte mir, daß sie beim besten Willen nicht kommen könnte. Eine böse Augenentzündung, die durch das viele Zwiebelschneiden, aber vor allem durch den schrecklichen Zigarettenrauch verursacht worden wäre, ließe sie unaufhörlich weinen; und das am Heiligen Abend.

Ich mußte wieder eingeschlafen sein, denn erst gegen zwölf Uhr wurde ich durch einen weiteren Anruf geweckt. Mein Goldschatz entschuldigte sich wegen einer erneuten Magenverstimmung.

Gottlob war mein Magen nicht verstimmt. Nachdem sich der Druck im Kopf verzogen hatte, begann ich mit dem Spülen und Aufräumen. Allein fünf überfüllte Mülleimer trug ich zur Tonne. So verging der Nachmittag und der größte Teil des Abends, bis ich die Kerzen an meinem Christbaum anzünden konnte. Anstelle eines festli-

chen Weihnachtsmenüs aß ich aufgewärmte Käs-
spätzle, die von der Feier am Vortag übriggeblie-
ben waren. Müde und völlig geschafft machte ich
mich auf den Weg zur Christmette. Dort muß ich
während des Liedes »Stille Nacht« eingeschlum-
mert sein.

Ein Herr, der mich sanft geweckt und mit mir
später die Kirche verlassen hatte, sagte näm-
lich:

»Gell, Herr Nachbar, Sie san a Schwob!?«

»Ja, woher wissen Sie das?«

»Sie ham im Traum von Kässpätzle g'red't!«

Das Kuche-Michele

Meine Koch- und Backtalente, die mir schon oft von vielen Seiten bestätigt worden sind, habe ich sicherlich nicht gestohlen. Ich habe sie von meiner Mutter geerbt, die eine hervorragende schwäbische Köchin gewesen ist.

Schon als »Büble« hielt ich mich häufig bei ihr in der Küche auf. Am meisten interessierte mich das Kuchen- und Datschibacken. Damals mußte der Teig noch mit dem Kochlöffel gerührt werden. Das Schaumigschlagen der Butter, das mir Mutter beim Kuchenbacken übertragen hatte, fand ich langweilig. Erst als die weiteren Zutaten zum Teig, wie die Eier, die Weinbeerla und vor allem der Zucker beigemengt waren, wurde ich ein eifriger Rührer, der bei jedem Wegschauen der Mutter schnell seinen Finger in den süßen Teig und von da in sein Schleckermaul steckte.

Das fleißige »Kuche-Michele«, wie meine Mutter mich liebevoll nannte, bekam als Belohnung für das gekonnte Kochlöffel-Drehen vom fertigen

Teig einen Schlag in seine Spielzeug-Kuchen-
form. Das kleine Extra-Küchele, das kaum aus
dem heißen Ofen genommen worden war, ver-
schlang ich noch warm. Der »große« Kuchen
wurde erst am Sonntagmorgen zum Frühstück
von der Mutter angeschnitten.

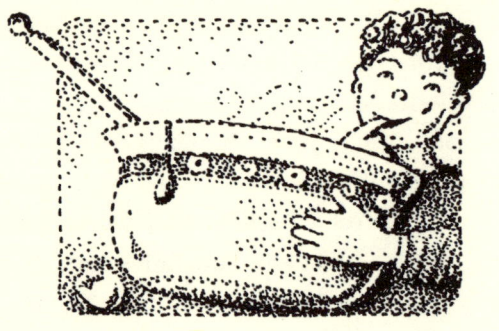

Die schönsten Erinnerungen habe ich an die ge-
schäftige Weihnachts-Backzeit. Daß diese Erin-
nerungen allein auf der Backkunst meiner Mutter
und meinem fleißigen Teigrühren beruhen,
glaube ich nicht.
In meinem Dorfe und in zwei Nachbargemein-
den gab es nämlich liebe, nette schwäbische
Bäsla. Es hatte sich bei ihnen herumgesprochen,
daß meine Mutter die allerbeste »Laibles-Bäcke-

rin« weit und breit wäre, und daß sogar schon ihr Büble, das Robertle, mitteigen dürfte. Und da alle meine Bäsla einmal gute Hausfrauen und Köchinnen werden wollten – sie sind es längst geworden –, kamen sie zum Lernen und Praktizieren in Mutters heimelige Küche. Die Anni und die Marie durften Mehl und Zucker abwiegen, die Gretel und das Dorle Nüsse und Mandeln reiben, die kräftige Renate und ich den Teig rühren, die Liesbeth und das Luisle den Teig kneten, das Lorle und die Helga die Bleche bestreichen. Als dann meine Mutter das Renate-Bäsle belehrte, »Mädele, guck, so wie's Büble mußt du rühra!«, fühlte ich mich als der »Kuche-Michele-König«.

Nach getaner Arbeit tranken wir gemeinsam Tee in der adventlich geschmückten Stube. Dazu gab es »Versucherla« von all den gebackenen Sorten: Den Spritzgebackenen, den Zimtsternen, den Kokosbollerla, den Nußkringeln, den Anislaibla und so weiter. Sie alle waren meisterhaft gelungen und mundeten vorzüglich. Die sogenannten Zitronenschnitze, die meine Bäsla bis dahin nicht gekannt hatten, wurden über den Schellkönig gelobt. »Meine Mädla«, sagte meine Mutter, »bei dene heißt es genau auf die Zutate achta, aber besonders aufs Rühra kommt es a'! Und ganz fleißig g'rührt hat unser Büble heut', dös müsset ihr alle zugeba, gell!«

Meine Bäsla gaben das zu. Zum Abschied wurde ich von allen liebevoll getätschelt und das Marie-Bäsle gab mir sogar ein Schmätzle auf die Backe und sagte: »Dau, du liab's ›Kuche-Michele‹!«

Inzwischen sind fast fünfzig Jahre vergangen. Das Laible-Backen in der Küche meiner Mutter ist nur noch eine schöne Erinnerung. Aus den Bäsla sind Basen geworden. Der Marie-Bas ist schon der irdische Kochlöffel aus der Hand genommen worden.

Das einst schwarzgelockte Kuche-Michele hat sich zum weißhaarigen Kuche-Michel gewandelt. Seine Liebe zum Kochen und Backen ist aber geblieben; ich möchte sagen, daß sie sich mit zunehmendem Alter sogar noch verstärkt hat.

Allerdings kommen seine Back-Talente in der Weihnachtszeit nicht mehr zur Entfaltung. Denn jedesmal, wenn er sich vorgenommen hat, nach Mutters Rezept zu teigen und zu backen, treffen Pakete mit köstlichem Inhalt ein. Die wunderbar duftenden und herrlich schmeckenden Laiblein

zeigen, daß all seine Basen, die Anni und die Gre-
tel, das Dorle und die Liesbeth, das Luisle und
das Lorle, die Helga und die Renate, die von mei-
ner Mutter erlernten Backkünste nicht verlernt
haben und ihrem Vetter, dem Kuche-Michele
von einst, treu geblieben sind.

Für so lange »Bäsles-Treue« möchte sich der Ku-
che-Michel von heute mit dieser kleinen Ge-
schichte bedanken.

Theater an de Heilige Drei König

Zum Schmalzbettla und Sprüchla aufsaga als Kaschper, Melcher oder Balthes an de Heilige Drei König, hant mir Buaba koi Zeit g'het. Ebbes viel Wichtigers isch auf'm Programm g'wea: Theaterspiela!

Bald nach em Klausatag hat onser Schualleh-rere d' Rolla vertoilt für's Theater-Stuck, dös am 6. Januar beim »Obere Wiat« aufg'führt wora ischt.

It alle Kinder sind so erescht bei dr Sach g'wea, wia mei Bruader und i. Am Aubad, im Bett, hant mir oft im Dunkla onsre Versla aufg'sait, und wenn i drbei stecka blieba bi', hat dr Hans mit seiner Taschalampa ins Rollabüchle g'funzlat und mir ei'g'sait.

»Spielzeugladen« hat dös Theater-Stückle g'hoißa. D' Lehrere hat meim Bruader d' Roll' vom Ladabesitzer, und mir, dia vom Verkäufer a'vertraut.

»Hereinspaziert, hereinspaziert!«, hat dr Hans

im Bett a so laut g'schriea, wia wenn's brenna tät.

»Ganz ungeniert, ganz ungeniert!«, hau i no' lauter weiterg'spielt.

»Ganz ungeniert!, komm i iatz mit'm Teppich-klopfer, wenn ihr it sofort schlaufat!«, hat Mamas Stimm' aus dr Kuche onsrer Theater-Prob' a End g'macht.

Dr Inhalt vom »Spielzeugladen« ischt schnell verzöhlt: Mir Zwoi, als Ladabesitzer und Verkäu-fer, hant Spielzuigfigura voarführa müassa, und dia Figura sind onsre Mitschüaler aus dr dritta Schual-Klass' g'wea. D' Lehrere hat für jeden Schüaler en Vers g'schrieba, dean dia Buaba und Mädla als Spielzuig-Figürla hant aufsaga müassa, nauchdeam dr Ladabesitzer auf deane ihrem Buckel so doa hat, wia wenn er dia mit ma Schlüssel auftreiba tät. – D' Leut im Saal hant nach onsrem Foilbiata dia Spielzuigfigura kaufa solla. D' Ei'nahm ischt für en guata Zweck bestimmt g'wea.

Wia oft hat d' Mama g'sait: »Meine Buaba hant's wichtig, wia d' Laus im Kindbett, mit lauter Theaterspiela!«

Dr Großvater hat sich von onsrer Theater-Begeischterung a'stecka lau, und ons als

Chrischtkendle in seiner Küafer-Werkstatt a Bruckawägele bäschtlat. Auf deam Wägele haut ma dia Spielzuig-Figura auf d' Bühne rei'fahra solla.

Für d' Kinder hat d' Hauptprob' vom »Spielzeugladen« am Na'mettag von de Heilige Drei König stattg'funda. Alle Mitspieler hant ihre Versla fehlerfrei aufg'sait. Bloß Schiefeles Lena isch für ihren Auftritt it zum Finda g'wea. Dr Hans, als Ladabesitzer, isch über dös Fehla aus'm Konzept komma, und hat g'schriea, daß ma's im ganza Saal verstanda hat: »D' Len'!, d' Len' isch it dau!« – Später hat sich rausg'stellt, daß dös Mädle voar lauter Angscht auf'm Abort sitza blieba ischt und beatat hat.

Am Aubad, voar de »groaße Leut«, isch au bei meim Bruader Hans und bei mir 's Lampafiaber a bißle im G'nack denn g'hockat.

Nauchdeam d' Musek mit'm Spiala aufg'höart hat, hant mir als easchtes Figürle Poschtbot's Marie auf's Wägele g'lupft und auf d' Bühne g'fahra.

»Wir bieten an, für den, der zahlen kann!« hau i ausg'ruafa.

Iatz hat dr Hans dia Figur mit seim Schlüssel

aufzoga, und d' Marie isch leabig wora:

»Grüß Gott, grüß Gott ihr lieben Leut!

Zu kaufen ischt Poschtbot's Marie heut.

Schreiben kann ich schon und lesen,

das Poschtamt fegen mit dem Besen,

dem Papa seine Briefe tragen,

für Trinkgeld herzlich geltsgott sagen.«

»50 Pfennig für Poschtbot's Marie!«, hat dr Hans in da Saal neig'schriea. 60 Pfennig, hat ma dau steigra höara, 70 Pfennig, 80 Pfennig, 1 Mark hat dr Onkel von dr Marie bota. – D' Lehrere ischt mit dr Kassa komma und hat dia Mark kassiert.

Dau drauf hat nau wieder d' Musek ei'g'setzt.

Als zwoita Figur hant mir Bäck's Joseph voar-g'führt. Deam sei Versle hat a so g'lautat:

»Grüß Gott, grüß Gott ihr lieben Leut!

Zu kaufen ischt Bäck's Joseph heut.

Schreiben kann ich schon und lesen,

die Backstub fegen mit dem Besen,

dem Vater seine Wecken backen,

vom Kuchen die Rosinen zwacken.«

Dr Joseph hat en starka Applaus kriagt, und ischt von seim Babba für 2 Mark ei'g'steigrat wora.

Sieba oder acht nauchfolgende Figürla hant

ihre Versla ohne Fehler, und mit viel Zuastimmung aus'm Publikum aufg'sait.

Iatz ischt d' Roiha an Schiefeles Lena g'wea, dia dösmal pünktlich für ihren Auftritt hinter dr Bühne g'standa ischt. Dr Hans hat se auf's Wägele g'lupft. Voar lauter Angscht ischt se steif wia a Brett g'wea, so steif, wia dia Figürla voar ihrem Auftreiba hant sei' solla. Dr Hans hat da Holzschlüssel a'g'setzt und so doa, wia wenn'r 's Uhrwerk auf ihrem Buckel aufzieha tät.

»Aua!«, hat d' Lena zannat.

Alle Leut im Saal hant g'lachat.

»Fang doch a'!«, hau i ihr zuazischlat. Aber d'

Lena ischt daug'standa wia »dr Molle in dr Apotheak«.

Dr Ladabesitzer, mei' Hans, hat se iatz no' amal aufzoga und endlich hat d' Lena 's Maul aufg'macht:

»Gut Nacht . . ., grüß Gott . . . ihr . . . ihr . . . »sieben« Leut, zu haben . . . ischt d' Lena . . . vom . . . Schiefele . . . heut.

Nau hat se bockat und nomma weiterg'schwätzt.

Dr Hans hat zum drittamal sein Schlüssel a'g'setzt und ihr en Rippastoaß gea.

D' Leut em Saal hant sich voar Lacha boga.

»Schreiben kann ich . . . und schon »nicht« lesen,

den Kuhstall . . . »melken« . . . mit dem Besen . . .

»Fegen, fegen!!!«, hat se dr Hans a'g'schriea, und voar lauter Aufregung hat'r d' Haur g'stellt.

D' Lena hat von Nuiem a'g'setzt:

»Fegen . . . fegen . . . kann ich Mutters Schuhe putzen,

noch so klein . . . und . . . und . . . groß . . . und groß . . .

»Von Nutzen!!!«, hat dr Hans dr Lena ihr

Versle fe'tig g'sait; sei' Schualfreindin auf'm
Wägele aus de Kulissa g'schubst, und anstatt dös
Mädle im Saal zu verkaufa, hat'r laut ens Publi-
kum g'schriea:

»Dia domm' Loas koscht nix!«

Meim aufg'regta Brüaderle sei Rechnung ischt
aber it aufganga: Schiefeles Lena hat de Leut a so
viel Freid g'macht, daß se dr Bürgamoischter zum
Sensationspreis von *fünf* Mark ei'g'steigrat hat.

Worterklärungen

Ara	Arm
amal	einmal
Bilmes	Kopf
daaseg	ängstlich
Dippel	Trottel
Eardbira	Kartoffel
earescht	im Ernst
ebbes	etwas
Fatscha-Kendle	Wickelkind mit Wachskopf oder Holzkopf
feif	fünf
flutschen	rutschen
funzla	herumleuchten
Gagele	Eilein
Gaus-Oi	Gänse-Ei
grauta	gelingen
Grind	Kopf
gwampat	dickbauchig
Händscha'	Handschuhe
häusala	spielen
hätschala	zärtlich sein
Hiara	Hirn

hendersche	rückwärts
huara	schlimm
Huarasiach	übler Bursche und tüchtiger Bursche
Juppadäsch	Rocktasche
Karwuch	Karwoche
Klausatag	Nikolaustag
knickat	geizig
Koarahaus	Dachboden
Leazelta	Lebkuchen
Loas	Mutterschwein (Schimpfwort)
lobig	lobend
lupfa	heben
Mähle	Lämmle
Molle	Ochs
Naudel	Nadel
Naudla	(Mehrzahl)
nomma	nicht mehr
Nuschter	Perlenkette für Rosenkranzgebet
Roasakra'z beata	Rosenkranz beten
Siach	Lausbube
Schnaufer	Atem
Toig (Doig)	Teig

vuresche	vorwärts
vursche	
wargala	herumwälzcn
wix	Schläge
Zähr	Träne
zanna	nörgeln, bissig sein
zischla	heimlich einsagen
z'maul	plötzlich (auf einmal)
zwacka	stehlen
zwazla	sich bewegen, strampeln

Inhaltsverzeichnis

Tauet Himmel, den Gerechten   5

Mäusla in der Buaba-Kammer   11

Zweige für einen Adventskranz   15

Klopfen am Klopferstag   19

Nikolaus bei Andreas   24

D'r Kripplesberg   30

's Tiroler Chrischtbaum-Vögele   34

Mäxle   38

's Lämmle und 's Chrischtkendle   43

D' Welt, oimal schöa g'seha   48

»Dolfe«, kein Weihnachtsbraten   52

Heileg-Aubad im Pflegeheim   57

Weihnächts-G'schenk, Weihnächts-
   Wunsch   61

's Tännele   67

Toll, dufte, Spitze!   72

Vorweihnachtliche Kässpatzen-Party   77

Das Kuche-Michele   85

Theater an de Heilige Drei König   90

Worterklärungen   97